I0690657

www.ingramcontent.com/pod-product-compliance
Lightning Source LLC
Chambersburg PA
CBHW021220260626
47172CB00002B/527
9781961420199

طيور الغفلة

طيــور الغفـلة

حسـين ورور

المخطوط: 2023 م

عدد الصفحات: 214

الطبعة الأولى: 2023

الناشر: الخياط

ISBN: 978-1-96142-019-9

KHAYAT
Publishing

Washington, DC
United States
+1 7712221001
info@khayatpublishing.com
www.khayapublishing.com

حسين ورور

طيور الغفلة

رواية

المحتويات

كلمة المؤلف

يتّفق التخيّل مع الظنّ في الكثير من الأمور،

لكنّه يفترق عنه، ولا يتّفق معه، في واقعة الإثم.

الظنّ يحتمل أكثر من الإثم؛

أمّا التخيّل،

فهو بريء من هذه النقيصة!

حسين ورور

1

... يولد زاهر المندي دون ظهر. ليكون ليس أكثر من دريئة. يرضعه الثدي الخطأ، في المكان الخطأ. في زمن سلحفيّ. تحتضنه المحبّة بحدود. تعلّمه بحدود. يتبع نبض قلبه، فيسير به في الوعر، وعلى الشوك. يعلّقه بماريّا، فيعذّبه تعلّقه الصامتُ بها، كما يعذّب شعرها الريح، وكما تعذّب خطواتها المسافة. تخدعه النار. الهواء. الماء. التراب. الغابة. الأصوات. اللغة. الأغنية. يخذله المتديّن. المؤمن. الصوفيّ. الزعيم. المدينة. القرية؛ كان للزمن حساباته. محطّاته. قراره. بوصلته. جاذبيّته. يصغي جيّداً للأسرار. للأسئلة. يشتبك معها. يرى نفسه أمام حواجز تجعله يصحو، في مكان آخر، ليعلق مرّة أخرى، ويدفعه تعلّقه بها، إلى منعطف حادّ. لا يدري أحد ما كانت بعده حكايته مع الزمن.

وُلد زاهر لأسرة فقيرة في منطقة الجبل بلبنان. زار الشام حين حمله جدّه العجوز إلى مدينة الشام، ولم يتجاوز الثالثة من العمر. مات جدّه بعد عودته من الشام، في ظروف غامضة. تعهّدت زاهرَ كنيسةٌ، فانتقل إليها، وعاش في كنف أسرة الخواجه أنطون القريبة منها، ولهذه الأسرة ابنتان من جيل زاهر. تعلّم في مدرسة الكنيسة القراءة، والحساب، وحفظ ما يختارونه للتلاميذ من الكتاب المقدّس، والمأثورات، وأشعار المتنبي، وعنترة، والنابغة، وعمرو بن كلثوم وغيرهم، ومشاهد مؤثرة من الإلياذة، وبعض الأشعار اليونانيّة، والفرنسيّة، وكان يقرأ بالإضافة لكلّ هذا كتاباً أحبّه، وتعلّق به، لمحي الدين بن عربي، أرسله مسؤول الوقف كهديّة للقسّ، الذي يربّيه، ويعلّمه. استهواه الكتاب، فحفظ الكثير منه، ثم أهداه القسّ إليه.

كبر زاهر، وكبرت ماريّا، وتيريز، ابنتا الخواجه أنطون معاً، ليبدأ القدر في الاشتغال بزاهر المقطوع من شجرة.

حين يشتغل القدر بإنسان، فلا تعنيه مشاعره، ولا ما سيترتّب عليه جرّاء ذلك، ولا يستشير أحداً ممّن يعنيهم أمره. يفعل فعلته، دون أن تسقط من عينيه دمعة، أو يرتعش تحت ضلوعه قلب.

يختلف الخواجه أنطون وزوجته، على مسألة أكثر من شائكة.. "زاهر الذي صار يافعاً، وهو من دين مغاير. ماذا لو حدثت حالة حبّ بينه، وبين إحدى ابنتيهما، وهما حتّى الآن تعتبرانه مثل أخ حقيقيّ لهما؟ والأكثر من كلّ ذلك؛ كيف سنبعده عنهما، وقد تعلّقتا به؟ والسؤال المرّ هو: هل نترك كلّ ذلك للقدر؟ ماذا سيقول الناس عنّا، وهم يعرفون قصّة وجوده معنا، وفي بيتنا؟!".

مع ذلك كان للزمن حساباته، التي لا تطابق حسابات حقل إنسان، على حسابات بيدره. تجري الرياح كما تشاء دون الالتفات إلى عواطف أحد. وعلى مسار آخر، كان قد أُهدي للخواجه أنطون، من قبل ضابط فرنسيّ، ببّغاء، في قفص جميل، يحمل اسم صفة هذا الطائر، الذي هو من صنف (كويكر). أخبره الضابط أنّ أنثاه، كانت تناديه (كويكر)، والتصق به هذا الاسم. نفقت بسبب لم يستطع معرفته، وحزن عليها حزناً شديداً. حزن لا تستطيع أن تلمس مثله عند بني البشر. حتّى إنّه كان يناديها بطريقته. أسعفه ذكاؤه بترديد كلمات سمعها عند وفاة امرأة من الجيران، وراح يردّدها بصوت جنائزي، يبعث على البكاء. يضع القفص في غرفة زاهر. يجد الببّغاء نفسه، في بيئة جديدة، فيلوذ بالصمت، ولا يتكلّم بشيء، كما أنّه لم يستجب لأحد بتقليد ما يقول.

كان كلّ أفراد الأسرة يتبارى، في تقديم الغذاء، والماء له، ويحاول استدراجه لتقليد ما يقول. انقضى أسبوع كامل على هذه الحال. أشفق زاهر على هذا الببّغاء بسبب وجوده القسريّ في قفص، وبذات الإشفاق، الذي يكنّه لعصافير الخواجه أنطون السجينة في أقفاصها. يؤلمه أكثر صيدها ليلاً من بستانه القريب بطريقة إبهارها بنور ساطع جدّاً، واستدراجها إلى قفص معدّ لالتقاطها باليدّ، للاتجار بها بعد تدريبها، والعناية بها. فكّر زاهر أكثر من مرّة أن يغافله، ويفتح لها أبواب أقفاصها، ويطلقها في الفضاء. يأتيه الببّغاء كويكر ليضيف إليه همّاً آخر، لا ينقذه منه سوى ما يُحاك له، على غفلة منه ليبعدوه عن هذا المكان لسبب أقلّ ما يُقال عنه إنّه لاعقلانيّ، ولكن ما بيد زاهر أن يرفض ما يُراد له.

يدخل زاهر غرفته، وهو يحمل إلى كويكر بعض حبّات جوز ليختبر قدرته على كسرها. يفتح القفص. يضعها أمامه. كأنّما شعر بزاهر يتحدّاه بهذه التقدمة، التي لم يقدّمها له أحد من هذه الأسرة. أدار كويكر ظهره لزاهر، وراح يقلّد كلماته، التي قالها زاهر له صباحاً:

"مين بتحبّ منّا أكثر؟ تيريز. أم ماريّا؟ أم أنا؟ مين يا كويكر؟ أنت أكيد بتحبّ ماريّا!". يعود كويكر إلى صمته. يخرج زاهر حبّات الجوز، ويكسرها، ويعيدها إلى القفص. يقول كويكر بالفرنسيّة كلاماً يفهم زاهر منه أنّ علاقة ما

بين الضابط، وبين امرأة اسمها جوزفين، ولا رابط بينه، وبين حبّات الجوز. عرف فيما بعد أن تلك المرأة كانت تقدّم له الجوز حين تأتي لخدمة الضابط. ألقى زاهر مثل هذا السرّ، في بئر الأسرار، بعد أن عرف من هي تلك المرأة!

يقول زاهر له:

ـ أنا مثلك في قفص!

يردّد كويكر:

ـ أنا مثلك في قفص!

ـ أنا بهبهان!

ـ أنا بهبهان!

تدخل أمّ ماريّا غرفة زاهر لترتّبها. يستقبلها كويكر فرحاً، ويقول:

ـ "جوزفين!" يلفظ الكلمة، وهو يحدّق فيها فرحاً!

ـ "يقصف عمرك. لاحقني لهوني!؟" (تخرج مسرعة) مش ناسي إسمي هالملعون!".

لا يعرف أحد ما الذي تعلّمه منه، وما يردّده بين الحين والحين، من كلمات كان قد حفظها جيّداً، من خلال مناجاة زاهر في وحدته؛ سمعت تيريز منه ذلك، وهي

تناغيه، في أثناء ترتيبها لغرفة زاهر، وداخلتها الشكوك حول علاقة ما بين زاهر، وبين أختها ماريّا، تخفي أمّ ماريّا المعلومة، عن ترديد الببّغاء لاسمها عن الجميع؛ تتوجّس من علاقة ما بين زاهر وماريّا، ولم تطق صبراً. كذلك الأمر مع زوجها. وقرّرت ألاّ تدخل غرفة زاهر بعد اليوم؛ يحتدّ توجّسها، وتوجّس زوجها من هذا الأمر، في نقاشهما معاً حول ذلك. توصّلت إلى نتيجة تقول: "سنرمي شرارة أمام تيريز، وماريّا، حول ذلك، لنرى ماذا يكون ردّ الفعل!".

زوجها قال لها: عندي رأي آخر، سأفضي لكِ به، في وقت آخر.

ـ قله الآن.. (قالت الزوجة).

ـ لديّ اليوم مهمّة إلى معمل الحرير في بلدة كفر الصفا، لاستلام ما طلبته الكنيسة من خيوط الحرير. سأطرح موضوع زاهر، مع صديقي ابن الأشقر، صاحب المعمل لعلّه يجد حلاًّ لزاهر، فهو يعرفه من خلال زياراته إلينا تمام المعرفة، ويعرف قصّته.

فهمت الزوجة ما يريد أن يكون رأيه: العمل لديهم في معامل الحرير. ذلك أمر يعقّد الموضوع. سارة وماريّا، ستقفان في طريقه. وهو يرى أنّها تنظر إلى موضوع زاهر بعين واحدة، فإن تعلّقت إحداهما بزاهر، سيلحق العار

ببيته. أجابته بحدّة:

ـ أيّ عار هذا. (كلّنا خلقة الله). الربّ محبّة؛ أو انّك ترى زاهر مبتلعاً الكتب السماويّة؟! لن أدعه يفارقنا، ولو قيد شعرة!

ـ هما بنتاي، وأنا من يقرّر مصيرهما..

ـ ما حزرت يا شاطر. (تضرب على بطنها) في هذا حملتهما، وأنا أولى بهما.

ـ إنّهما من بذاري!

ـ اذهب في مهمّتك، ويفرجها الربّ..

ـ لن أذهب قبل أن أحسم ما أفكّر فيه تماماً!

ـ أنت دائماً هكذا!!

لم تعجبه اللهجة التي تخاطبه بها، كما في كلّ مرّة يتحاوران حول مسألة ما، فينظر إليها نظرة استخفاف..

***

2

... في معمل الحرير بمنطقة الجبل، يقترح عليه صديقه ابن الأشقر أن يتعلّم زاهر مهنة استخراج الحرير، وهي مهنة تتطلّب الكثير من اليد العاملة، بسبب ازدهارها، وطلب الدول الأجنبيّة لمنتوجات الحرير البلديّ. ففي معامل الحرير أعمال لا تستطيع النساء القيام بها، كحمل الحطب للخلاقين، وإشعال النار تحتها، ووضعها فوق مواقد النار، وغير ذلك. عدا عن كلّ هذا، (يقول له) هنا سيأكله الوقت، وسينسى كلّ شيء يتعلّق بكم. ببيتكم. ببنتيك. بالكنيسة. بالمدرسة. وستضرب أكثر من عصفور بحجر واحد.

ــ المهم أن أتخلّص من النقّ، وممّا قد يقوله الناس، حول هذا الفتى. فهو بصراحة جميل. ذكيّ. لا يستطيع

القلب، إلاّ أن يميل إليه. ولا تُلام البنت التي تتعلّق به!

أنا واقعي جدّاً بكلّ ما يتعلّق بالعاطفة بين شخص وآخر؛ لكن تربيتنا المتعصّبة لا تجيز لي اتّباعها.

يعود الخازن إلى قريته، بعد أن استلم خيوط الحرير الموصى عليها، وسلّمها بدوره إلى معمل الحرير في بيروت. لم تستقبله الزوجة كعادتها فرحة بعودته. ففي سرّها تعرف كم في قلبه من القسوة حيال ما يريد أن ينفّذ ما يشير إليه عقله. تعرف أنّ في صدره قلباً من حجر. ما من مرّة انصاع لرأي تطرحه يخصّهما معاً. يشاور، ولكنّه لا يفعل إلاّ ما في رأسه من رأي أو قرار.

كانت هذه الزوجة، التي لا حول لها ولا طول، قد أسرّت إلى تيريز وماريّا، بما يفكر فيه أبوهما. وحدث ما لم يكن في الحسبان: دخلت البنتان، وأغلقتا عليهما الباب، وأقفلتاه من الداخل، ولم تستجيبا لنداءات أمّهما. وقرعها الخفيف على الباب تارة، وتارة بطرق شديد سمعه حتى الجيران.

يعود الأب، والبنتان على هذه الحال. يطرق الباب، فلا من مجيب. يكرّر ذلك أكثر من مرّة. يتراجع إلى الخلف بضع خطوات، ويخلع الباب بكتفه، وتقوم القيامة..

لم يواجه الأب ابنتيه بالحسنى. دخل كثور هائج.

لأوّل مرّة يسمع الجيران الصوت العالي لهذا الرجل، والكلمات البذيئة التي تصدر منه.

تحضر نساء الجيران، على صوت الجلبة التي أثارها، وهن يتساءلن عمّا جرى، وكان الصمت سيّد تلك اللحظات النادرة، في حياة هذه الأسرة الصغيرة، التي لم يسبق لها أن مرّت بمثل هذا الوضع المأساويّ. كان بكاء تيريز وماريّا المختنق لا يصل أبعد من جدران الغرفة. أُغمي على ماريّا، وراحت في غيبوبة طويلة، كان لماء الزهر، وخلّ التفّاح دورهما في إنعاشها. استغرب الجيران ما جرى لأنّهم لم يروا هذا الرجل مطلقاً كما هو فيه الآن من سلوك همجيّ.

.. يأتي زاهر في تلك اللحظات من مدرسة الكنيسة. يقف مشدوهاً. حائراً. تختلس ماريّا إليه النظر بعينين بدتا له، بما فيهما من حزن، أنّها المعنيّة تجاهه بكلّ ما جرى. يلوذ بصمت ممضّ. يفكّر بالوسيلة التي يعرف بواسطتها الحقيقة. يذهب إلى غرفته. لم يجد الطعام معدّا له كالمعتاد. يتأكّد له بشكّ حاسم أنّه المعنيّ، ويجد الببّغاء، على غير عادته حين يدخل، ويستقبله، بصوت فيه كلّ العذوبة؛ ولعلّ عزاءه، في وحدته هو الآخر أنّ إنسيّاً يماثله في سجنه. كان في جيبه مكسّرات من لوز، وفستق.

فتح باب القفص، وقدّمها له. لم يكترث بها في البداية؛ ربّما كان ينتظر من زاهر أن يداعبه، ويناغيه. راح يلتهمها بعد يأسه منه. يفكّر زاهر كيف يتصرّف بما لا يسبّب الأذى لهذه الأسرة، التي احتضنته، ورعته، وقدّمت له الحنان، والحبّ، والعطف. فكّر في الأمر مليّاً. رأى أن عقلانيّة الأب هي المخرج لأزمة هو مشعل نارها!

تمدّد في فراشه ينتظر أيّاً من أفراد الأسرة يدخل غرفته، ويتحدّث معه مفصحاً، وموضحاً، لكنّ شيئاً من هذا لم يحدث.

وقف قبالة الببّغاء. قال له: أنا حزين يا كويكر! ردّد خلفه ما قال له. بدا فرحاً أنّ زاهر خرج عن صمته. قال له:

أنا لن أبقى هنا يا كويكر! لم يتردّد بترديد ما قال. يبتسم له زاهر. راح يضرب بجناحيه جدران القفص فرحاً

ـ أنا أحبّك يا كويكر!

ـ"أنا أحبّك يا كويكر". يردّدها الببّغاء بطلاقة.

يقلد زاهر صوت القطط: نياو. نياو.

فيقلّده كويكر.

يقلد زاهر الكلاب: هاو. هاو؛ فيقلّد نباحه.

بعد أن هدأ توتّر زاهر. راح يستعرض حال تواجده بين أفراد هذه الأسرة الطيبة في سرّه:

الأب: شعلة من دراية، وواقعيّة نحوه في تربيته، وتعليمه، وتصويب مساره.

الأم: امرأة حنون. متّزنة. لم تفرّق يوماً بينه، وبين تيريز وماريّا.

تيريز: لم تنظر إليه إلاّ كأخّ. لم يلاحظ يوماً أنّها تميل إليه، بل على العكس تتعامل معه بعفويّة، وأريحيّة كما لو كان أخاً حقيقيّاً، حتى حين يدخلان في مشادّة حول مستلزماتهما الدراسيّة، أو سواها.

ماريّا: يتوقّف عند ماريّا. فهي منذ بداية تفجّر أنوثتها، تتعامل معه بحياء، ومداراة، وخجل. دائماً يشعر أنّها تحاذره. يشعر أنّها تضمر شيئاً تريد قوله له، وفيها شيء سريّ يمنعها، أو يزجرها، وهو كذلك. يستغرق النظر بعينيها دون أن تنتبه إليه.

لم يستطع أن يحدّد لهما لوناً. يشعر أنّه يذوب، حين تنظر إليه. شعرها الكستنائيّ الطويل لم ير مثيله من قبل. دائماً ــ حين تكون في المنزل ــ تكون دون منديل يربط شعرها. عرف مع الأيّام أنّ أمّها تريد أن تقصّ لها شيئاً من شعرها خوفاً عليها من العين! لفت نظره أن

ثيابها جدّ بسيطة، فالأم تخيط ثيابها وثياب تيريز أختها النحيلة، والأقصر منها. لم تخرج الأختان، ولو مرّة بثياب من ذات اللون، وذات الموديل. يروق لماريّا أن تشكل وردة من قماش حريريّ، أو من خيوط حرير الشرانق، التي لا يستفاد منها، من صنعها على صدرها.

لم تكن أختها أنيقة مثلها، وربّما لأنّها نحيلة وقصيرة لا تبدو بأناقتها. شعرها لا يلفت النظر. عسليّ باهت، وجافّ، وليس فيه اللمعان الذي يميّز شعر ماريّا، ومن الملاحظ أنّه يتقصف في نهاياته.

يصل زاهر إلى قرار نهائيّ، أنّه سيقابل الأب، ويطلب منه أن يغادر هذا المنزل، ليظلّ عزيزاً عليه. يزوره كلّما اشتاق إليه. وتنقضي بقيّة النهار عليه، ولا تفارقه أطياف كلّ من عاش معهم، أو عاشرهم، في هذا المكان.

يأتي الليل، وتضيق دائرة وجوده فيه، على وجه ماريّا وحده. ماريّا كانت بالنسبة إليه توأم روحه. الآن بدأ يشعر بها على نحو مختلف. ليس إعجابه بها، بل ما يتعدّى الإعجاب. ليست الرغبة أيضاً. ليس العشق. ليس الأمل بأن تكون شريكة حياة في المستقبل. بدا له طيفها من هواء، ونار. طيف يغتسل تارة بالضوء، وتارة بماء الورد. يتلبسّه هذا الطيف، كما لو كان من فصيلة الجنّ. يرى أن كلّ ذلك هواجس، وكان مخطئاً في تصوّره هذا.

يلجأ إلى ما لديه من كتب ليسلى، ويستأثر كما في كلّ مرّة بكتاب ابن عربي. ربّما لأنّه يتحدّث عن الحبّ. حبّه لـ (نظام)، المتماهي بحبّ أسمى، في قوله: "أدين بدين الحبّ أنّى توجّهت ركائبه، فالحبّ ديني وإيماني".

يتساءل في داخله:

"وماذا عن حبّه لـ (نظام)؟ هل تخلّى عن هذا الحبّ، ليكون له الحبّ ديناً؟".

يفتح الكتاب. يقرأ بعينيه ما توقّف عنده مراراً "إن كنت صادقاً في حبّك، فلا يرهبنك ما ترى من الشدائد".

يحيّرني ابن عربي. لماذا لم يكن وفيّاً في حبّه لنظام؟!

لماذا تخلّى عنها عندما أدانه شيوخ الدين، ممّن كانوا له أعداء بثياب إخوة في الدين، والمعتقد. كان عليه أن يحاججهم، ليظلّ وفيّاً لمن أحبّها، لا أن يحوّل هذا الحبّ إلى حبّ إلهي. الله القدير لا يريد الحبّ عن خوف، أو عن تردّد، أو عن حذر، له، أو لسواه، أو لمنفعة، أو مصلحة، أو وسيلة للوصول. تستبدّ بزاهر تساؤلات لا رابط بينها:

لماذا أتوقّف عند الحبّ أساساً، وهو لا يليق بي، من منظور البشر، الذين استأثرت بهم أفكار مخالفة. ولا يعني شخصاً مثلي جاء إلى الدنيا كزرع على الصخر.

أنا لا شيء إذا قارنت نفسي بأولئك، الذين لم يتربّوا بين جدران معبد مثلي، وفي حضن أسرة همّها أن تنجو من عذاب آخرة، ولو كان ذلك على حساب سعادتها في الدنيا، وقناعاتها السريّة، بما يجب أن يكون، لا بما يأتيها كأوامر يجب أن تنفّذها وإلاّ!

أحتاج إلى ألف جيل ـ وأنا موسوم باليتم، بكلّ وجوه اليتم ـ لأبلغ ما بلغوا، حين اطلّعت على بعض الأسرار، التي راقت لي، وأنا أنشد الخلاص ممّا أنا فيه من أغلال لا يد لي في صنعها، ولا ذنب ارتكبته، لأعاقب عليها. أعتقد أنّ ما قاله أحد المكاشفين، حين كان في الموصل صادقاً. المكاشفون لا يكذبون.

لقد رأى معروفاً الكرخي قاعداً في وسط النار، فهاله ذلك، وما عرف معناه؛ فقال له:

"تلك النار هي الحمّى على منزله، الذي رأيته فيه قاعداً؛ فمن أراد أن ينال ذلك المنزل، الذي هو فيه، فليقتحم، إلى هذه النار!".

هدأت روحي القلقة قليلاً، والليل طويل.

***

3

تشتعل نيران ماريّا فجأة، في ذاكرتي المشتعلة أصلاً، ولمّا تخمد بعد. تناديني نيرانها. يخطر لي في تلك اللحظة أن أذهب في الحال، إلى النار التي تناديني. تستولي عليّ حيرة لا فكاك منها لحظتئذ. حيرة لا عهد لي بها. أمامي دروب عدّة؛ كلّ منها يقودني إلى قفص؛ فأيّهما أسلك، كي أصل إلى طائر في قفص، ولم يكن في يوم من الأيّام بغيتي؛ لكنّ الحواجز تجمع، وتُراكم ـ كما السدود للماء ـ ما يكون قابلاً للانفجار إذا ازداد المخزون عن حدّه. أنا لم أكن أُخزّن بالحجم، الذي تخزنه ماريّا، لكنّ ما يخزنه كلّ منّا يتجمّع رغماً عنّا، خلف سدّ واحد. الحيرة تشلّ قواي، والليل طويل، والأمر لا يحتاج إلى شجاعة، أو إلى رعونة. مع أنّ إيماني الأكبر، هو ألاّ أتوقّف في منتصف الطريق، ولا أدخل دروباً مسدودة، أو أسلك طريقاً وعرة.

ليل زاهر يطول. يجافيه النوم، مشكلته الطارئة تستدعي تكرار، واجترار أفكار راودته من قبل، بعد أن أصبحت أقرب إلى أن تكون (فوبيا) استبدّت به. تشتّت بين هلوسة لا طائل منها، وبين محاولات للخروج من المأزق الذي ألمّ به. في داخله يحتبس كلاماً ليس هناك من يسمعه له إلاّ القدر، ليكون قويّاً. يقول:

"لن أدع الحيرة تشلّ قواي. عليّ ألّا أتوقّف في منتصف الطريق؛ لكن لماذا يحدث ما يحدث؟ ألهذا الحدّ يضع التعصّب حاجزاً بين البشر؟ أليست بذرته الإيمان، وبذرة مثل هذا الإيمان فيما يعتقد به المرء؟ لماذا يضع المعتقد الدينيّ، وغير الدينيّ حاجزاً أمام عاطفة الإنسان، كي تشلّ عقله، وتجعل تفكيره مشوّشاً، كما يحدث معي الآن؟!

أعتقد أنّ الإنسان الهشّ مثلي، هو من تكبّله مثل هذه القيود! فلو كنت على غير هذه الحال، وكنت ثرياً، أو كانت بيدي سلطة اجتماعيّة، أو دينيّة، أو غيرها، هل كان بمقدور أحد أن يقف في وجهي؟! لا أعتقد! مع ما أنا فيه لن أسمح لنفسي أن أحصل على أيّ شيء بالقوّة. إنّ مثل تلك القوى هي سبب البلاء في هذا العالم. لن أكون بروح ثعلبيّة، وأقول ـ عند عجزي في الحصول على شيء

ما، كما يقول الثعلب حين لم يستطع أن يبلغ العنب: لا يزال حصرماً! أنا سأعفّ لأنّ مقدرتي عرفت حدودها. لأنّ مقدرتي رسمتها تعاليم شمّاس الكنيسة، واختصرها لي بالمحبّة. المحبّة جعلت من ماريّا، وتيريز شقيقتين لروحي، وجعلت من أسرتهما، التي احتضنتني ورعتني، وعطفت عليّ، عالمي الصغير، الذي لا أبادله برغبة، أو بنزوة، أو بطيش لا ترضى عنه نفسي، وأنا أعلم في الوقت ذاته أنّ الأب كان يؤدّي واجباً نحوي، واجباً لا يتعدّى أنّه ـ من باب الشفقة ـ فتح لي صدره، وغمرني بعطفه بعقل مغلق على إرث من التعاليم، والوصايا، التي لا يمكن تجاوزها. لا يمكن لأحد أن يخترقها بعد أن تحجّرت في عقله. والحبّ في هذه الحال لا ينمو في قلب من حجر! والمرء في أيّ مكان يكون فيه، عليه أن ينصاع لوصاياه، وإلاّ اعتُبر خارجاً عن القانون.

كان قد انقضى من الليل ما جعل عتمته تشتدّ إيذاناً بفجر جديد يأتي.

يغفو زاهر بعد أن نال منه السهر، ويصحو على صياح الديكة، في أكثر من جهة من القرية. يستعيد شريط نجواه في ليل سال زمنه، في نهر الماضي. تقع عينه على كتاب "ترجمان الأشواق" لابن عربيّ. تلوح في مخيّلته

صورة هذا الرجل. يقول في داخله: كلّ بلد تريد منه الوصايا أن ينصاع لها، من الأفضل مغادرتها، وفي يقيني أنّ كلّ من يتخلّى عن حبّه كأنّما يرتكب جريمة، ولا تليق به الحياة على الأرض! كلّنا في الهوى سواء يا ابن عربي. الرفيع منّا مثلك، والوضيع مثلي.

ينهض من غفوته القصيرة. ينظر في فراغ الغرفة، وقد تسللّت إليها أولى خيوط الفجر. يتذكّر ما كان يشاهده في معمل الحرير، والعاملات يضعن الشرانق في الماء المغليّ. يقول بصوت خافت حزين: كلّنا شرانق وجدت لتختنق. كلّنا يشارك بسحب حريرها. كلّنا يغزله. كلّنا يصنع منه فساتين وشالات لنساء السادة، وشراشيب لطرابيش الأمراء، والزعماء، وعمائم لرجال الدين. كلّ هذا الحرير لمن لا ينتجه. على عكس الوصايا. مباحة مخالفتها لمنتجيها. يسكت قليلاً. صوته يرتفع كأنّما يضع حدّاً لما يفكّر فيه:

أهو الفراق يجعلني مشوّشاً، أم الدونيّة، أم عدم النضج العقليّ، أم العاطفة المختنقة تحت رماد الأيّام، أم الخوف؟!

آن لك أيّها القلب أن تستريح!

قم يا زاهر، واحزم حاجياتك، مثلما حزمت أمرك!

لم يحتفظ إلاّ بكتاب "ترجمان الأشواق"، من كلّ ما لديه من كتب.. يستمر الببّغاء ساهراً حتى صياح الديكة مع الفجر، وعينه على زاهر، الذي ينظر إليه بين الحين والحين بعينين حزينتين.

يفتح زاهر له باب القفص، فلم يخرج. يحاول أكثر من مرّة، فيرفض الخروج. يأخذ الإناء الذي يشرب الببّغاء منه، ويخرج من الغرفة إلى خابية الماء في صحن الدار. يغسله جيّداً، ويعود به مليئاً، ويعيده إلى القفص.

ـ اشرب! يقول له.

يردّد: اشرب. ويمدّ منقاره نحو الإناء، ويشرب.

ـ وداعاً يا كويكر!

ـ "وداعاً يا كويكر" يردّد خلفه!

ـ أنا مثلك يا كويكر!

ـ أنا مثلك يا كويكر! يردّد خلفه.

يلوذ زاهر بالصمت وهو يفكّر.

... يدخل الأب غرفة زاهر. يراه في وضع الاستعداد للخروج. يحار كيف يواجهه. ثم يندفع إليه. يعانقه

بحنان مُبالغ فيه. لأوّل مرّة يقابله بمثل هذه الحميميّة. يحدس أنّ خلف ذلك شيء ما. يسبقه زاهر، ويطلب منه السماح له بمغادرة هذا المنزل، الذي يعتبره المنصّة، التي ينطلق منها في دروب الحياة، ولن ينساها مادام حيّاً، وسيتردّد لزيارة أسرته كلّما أتاحت له الظروف ذلك.

ينتبه الببّغاء لزاهر، وهو يحمل حاجياته. يصغي إلى الحوار، الذي يجري بين ربّ الأسرة، وبين زاهر، كمن يهمّه الأمر.

ينبهر الأب بهذه المفاجأة من زاهر، والتي لم يتوقّعها أبداً. يتلعثم في الإجابة، وهو يريد منه أن يغيّر رأيه، وذلك من باب المجاملة، بدلاً من أن يطلب منه المغادرة كما كان مزمعاً عليه. يقول له زاهر:

ــ أنا أعي تماماً ما سأقول. بعد الآن سأخاطبك كأبّ. وستكون أمّ ماريّا كأمّ. وتيريز، وماريّا كشقيقتين لي.

ــ (يقاطعه الأب): لن أطمئن عليك، إلاّ أن أؤمّنك في مكان تعمل فيه، وتكسب رزقك بعرق جبينك..

(يتساءل في داخله: لماذا لم يجب على ما أبوح له به؟! يتابع الأب، وزاهر مستغرق باندهاشه، من اختصارات الأب فيما يفرضه هذا الموقف من تداعيات). حدّثت

صديقي ابن الأشقر بشأنك، كي تتعلّم لديه كار الحرير، وتعمل في المعمل الذي ورثه، وإخوته عن أبيهم. هؤلاء نتعامل معهم. نعرفهم تمام المعرفة. ستكون لديهم في مأمن. سمعت أنّهم سيلمّون الفتيان الذين من جيلك، ويسوقونهم إلى العسكريّة، ولا يعلم إلاّ الربّ تحت أيّ سماء ستكون نهايتهم!

(تضجّ الكثير من التساؤلات، والتخوّف، والشكوك، في رأس زاهر. يتابع الأب، دون أن ينظر إلى ما يتغيّر من تعبير على وجه زاهر، ولا يفكّر بما يحترق في داخله من أحلام، وهو يعيش مع ابنتين كبرتا أمام عينيه، واشتعلت فيهما نيران الأنوثة، ورأى بأمّ عينه ما بدا على ماريّا، التي يبادلها بصمت قاتل، ذلك الشعور، الذي هو الحبّ. يقول له، وقد انطفأ التوهّج الأوّليّ، الذي لمسه زاهر منه، عند دخوله إليه): غداً كن على استعداد، لنذهب إلى معمل حرير ابن الأشقر!؟ (تحجّر كلّ شيء في زاهر دفعة واحدة، إلاّ دموعه التي أخذت طريقها إلى دورته الدمويّة، لتظلّ تغلي في جسده، وروحه، وتظلّ كما الساحرة فيهما!). تحين لحظات الوداع. يطلب زاهر من الأب ألاّ يرافقه، وأنه سيذهب وحيداً، إلى المكان المرسل إليه، فيوافق دون تردّد، وكان ذلك الأشدّ ألماً عليه في تلك اللحظة. تحضر

الأمّ، وتعطيه بقجة ثيابه، وزوّادة طعام. تقول له، وغصّة في صدرها:

ــ ليحرسك الربّ يا زاهر. انتبه لنفسك. لن ننساك. لا تقاطعنا!

تحضر تيريز. تنتبه الأمّ إلى أنّها حضرت وحدها. تغمز لها بمعنى: أين أختك؟ تزمّ شفتيها موحيةً للأمّ أنّها لن تأتي لوداع زاهر. تطلب منها الأمّ أن تدعوها لوداعه. تعود تيريز لتدعو أختها متثاقلة، وكأنّها تعلم أنّها لن تأتي. ثم ترجع مسرعة خائفة:

ــ ماريّا مغمى عليها، ولم تستجب لي!

ــ (تشهق الأمّ).. ماذا؟! (وتركض نحو غرفة ابنتيها.. تصرخ من الداخل): ماريّا حبيبتي. ماذا جرى لك؟ يا تيريز تعالي بسرعة. هاتي ماء..

يصرخ الببّغاء:

"جوزفين!".

(ينقلب الأب تسعين درجة!)

ــ اتركوها تموت! (يقول الأبّ). ويلتفت نحو زاهر بنظرة غاضبة، كأنّما يقول له): أنت السبب!

يردّد الببّغاء، وقد سمع هذه العبارة التي قيلت بصوت مرتفع:

ــ "اتركوها تموت!".

ــ جوزفين! (يكرّر الببّغاء).

يجفل الجميع من ذكر الببّغاء لهذا الاسم!

تقول أمّ ماريّا من الخارج:

ــ"ليش نقزتوا. شو ما في حلاوة غير ببعلبك!؟ ألف جوزفين بالبلد!".

(يتمالك زاهر أعصابه، ليظهر نفسه حياديّاً حيال ما يحدث، ولكنّه لم يطق صبراً على ذلك، فسار نحو غرفة البنتين بخطوات واثقة. وقف بالباب. رأى الأمّ تمسح وجه ماريّا بمنديل مبلّل بالماء، وماريّا تميل إلى الصحو. قال بصوت ملؤه الحزن): سلامتك يا ماريّا! (وهو ينتظر إلى أن تبعد الأمّ رأسها، عن وجه ماريّا المختفي خلفه. لم يطل الأمر حتى وقفت الأمّ، ورأى زاهر وجه ماريّا ذابلاً وحزيناً. تنظر نحوه، ولم تنبس بكلمة، سوى أنّها تنهّدت.

ــ سأظلّ أزوركم. اطمئنّي! (يقول زاهر لها).

قالت الأمّ لماريّا: هيّا انهضي. لن يقبل زوّادة الطريق إلاّ من يدك!

تنهض ماريّا كغصن صفصاف يرتفع بفعل نسمة هواء ببطء شديد. تختلس نظرة طويلة من زاهر الذي يبادلها تلك النظرة، وهو يحسّ بشيء ما يطبق على صدره، ويخنقه.

يعود زاهر إلى حيث يقف الأبّ، الذي ينظر إليه، وكأنّه يستعجل مغادرته الدار، بل القرية كلّها. تحاول ماريّا أن تعطي الزوّادة لأمّها كي تعطيها بدورها لزاهر.

ــ لن يأخذها إلاّ من يدك يا بنتي!

**

4

تناوله ماريّا الزوّادة، دون أن تنظر إليه. لم يكن ذلك عن حياء، بل كان ذلك عن خوف من شيء ما، لم يستطع تفسيره، كما أنّ الأمّ والأبّ لاحظا ذلك، ولم يظهر عليهما أيّ ردّ فعل. المأمول لم يكتمل، لأنّ الأب يقف كالجدار في وجهها، ويخالف الطبيعة في توجّهها: الأبوة للإناث. الأمومة للذكور. هنا ـ ودون سابق لمثل هذا التصرّف ـ مع هذا الرجل، يتغيّر سمت الطبيعة. تعكس الأرض دورانها. الأمّ تتعاطف مع جرح ابنتها ماريّا. تضمّده بالكلام الشافي.

الأب يحاول خنق المأمول. إنّه الرابوط الذي يشدّ به ابنته معه. كان يروق له كلّما زار معمل حرير في البلاد، أن يتفرّج على مراحل العمل. كم كان يستهويه الوقوف أمام خلقينة تغلي على النار، والشرانق البائسة تختنق في مائها المغليّ.

تسأله الأمّ في اللحظات الأخيرة:

ــ كأنّك لم تأخذ الكتب معك!؟

لست في حاجة إليها! (بصوت مختنق) لا أريدها! (ينتبه إلى أن الأمّ حدّقت فيه مستغربة إجابته. يستدرك ما قال): حملها عبء عليّ! (تنفرج أسارير وجهها). (لم يحتفظ إلاّ بكتاب "ترجمان الأشواق").

(رأى أنّ البقجة غير معقودة جيّداً، فأعاد فكّها، وعقدها من جديد.. بعد أن غادر، وقطع مسافة لا بأس بها، لاحظوا جميعاً أنّه لم يلتفت إلى الخلف أبداً)!

يقول الأب لتيريز بوجه كالح:

ــ هاتي القفص من الغرفة!؟

ينظر الجميع إليه باستغراب. تتردّد تيريز في تنفيذ طلب أبيها. تدير ظهرها بتثاقل. تدخل الغرفة، وتأتي بالقفص. يخاطب الأب زاهراً:

ــ خذ هذا العفريت منها!

ــ لا حاجتي لي به. إنّه...

(يقاطعه) هذا البهبهان لك. خذه معك. يسليك!

ــ إنّه عبء عليّ!

ـ قلت لك: خذه؛ أو سأملص رقبته، وأطعمه للكلاب!

(يتناول زاهر القفص من يد تيريز صاغراً، والجميع في حالة ترقّب، من أيّ ردّ فعل يعكّر لحظات وداع من عاش بينهم من دون أن يلمسوا أيّ شيء منه يجرح مشاعر أيّاً منهم.

يصل زاهر ـ في قرارة نفسه ـ إلى أنّه كان المعادل الموضوعيّ، مع البهبهان لدى رجل مغلول من شيء ما لا يستطيع البوح به، لعلّه الشكّ، الذي يكمن داخله، منذ كان يصطحب معه زوجته جوزفين، لتخدم الضابط جاك، لغاية في نفس يعقوب؛ إذ كانت لديه رغبة ملّحة ـ لم يبح بها لأحد ـ بالهجرة إلى فرنسا، وليس أمامه غير هذا الضابط ليحقّق له هذا الحلم.

في الطريق إلى الجبل، وهو ينقل القفص من يد إلى يد، ويناغي البهبهان كويكر بكلمات لا على التحديد. عشوائيّة، ويردّدها خلفه. يتوقّف بعد أن شعر بالجوع. يفكّ عقدة الزوّادة بأسنانه، ليتناول شيئاً ممّا فيها من طعام، ويطعم كويكر، رأى ما لم يكن يتوقّعه. منديل ماريّا. المنديل من حرير بلديّ خالص، وقد دسّته في الزوّادة، خلسة، وفي غفلة من ذويها. يتذكّر كيف بيده طواه لها، بعد أن رشّ عليه شيئاً من عطر الياسمين، الذي

كان يبيعه التاجر أبو النوف الشاميّ في القرية.

كان هذا التاجر حين يمرّ في حارة من حارات القرية، يعرف حتى الناس الذين أغلقوا عليهم الأبواب، بسبب الرائحة العطرة التي تفوح من كلّ شيء معه. من بضاعته. من ثيابه. من يديه. كان أكثر إغراء للصبايا. حتّى الرجال كانوا يطلبون منه أن يجلب لهم عطور العنبر، والمسك، والجوريّ.

فتح طيّات المنديل، على أمل أن يجد ولو قصاصة ورق كتبت عليها، ولو كلمة واحدة. طواه من جديد، وتردّد في أن يضعه في عبّه، أو يعيده إلى الزوّادة. استقرّ رأيه على إعادته إلى مكانه.

(في سرّه دائماً يميل الصراع بين عاطفته، وعقله، إلى عقله. لا يريد أن يعكّر ماء النهر السماويّ، الذي يجري في عقول البشر، على اختلاف معتقداتهم، وتوجّهاتهم الفكريّة).

يتابع السير، وفي رأسه تسطو أفكار غريبة على ما قد غدا فيه أقرب إلى اليقين، حول ذاته، وذوات الآخرين. يشكّك بوجوده ذاته، إذا ما تعامى عن مصير سواه. لن تكتمل الأغنية. لن تنتشر في الفضاء كلّه، ولن يكون لها معنى. كلّ طيورها يجب أن تخرج من أقفاصها، وتبحث عن أشجارها الآمنة، لتحطّ عليها، وتبني أعشاشها:

"الحبّ المستحيل، قد يكون هو من يقود قدميّ إلى المجهول. ربّما. فأنا لا أريد نهاية له. ماريّا، لن أخون خبز أهلها، وملحهم.

أحبّها؟ نعم. لأنّي كذلك، لن أدع شيئاً يصدر منّي يعكر هذا الجدول الرقراق، الذي تعرّت روحي لتسبح فيه. حبّي لها، لو تعاطيت معه كما تريد نواميس الحياة، لقامت القيامة، وسيندرج هذا الحبّ في خانة المعاصي، وحين يدور الحبّ في فلك المعصية، يصبح معيباً. أمّا الحقيقة، فتقول غير ذلك، تقول: هناك فئة ضالّة تتحكّم فيه. بالتالي، فإنّ ما يسقط من يدك، سينمو في تراب يحييه، ولو بعد ألف عام، والمؤلم أن يضيع، أو تسحق بذرته الأقدام، فيموت. أنت ما عليك يا زاهر إلاّ أن تزرع الورد، ولو للعيون المطفأة. لقد تركت ظلّي لدى ماريّا مرغماً، لأنّي لم أستطع أن أجعل منّي سفّاحاً، يقتل حلمها. لأسلّم جدلاً أنّي أزيل الصدأ من حياتي؛ فلا بدّ أن يُزال مع الصدأ، ما علق منه مع الأصل، وتفاعل معه. فكّرت أن أكون كالريح، التي إن مرّت من مكان، لا تعود إليه ثانية، أو كالدموع التي تذرفها العين، أيضاً لا تعود إليها، لكنّ الأمر ليس بهذه البساطة؛ فكم من الدماء التي جرت في عروقي، وأصلها من طعام نأكله معاً، وماء نشربه معاً، وهواء نتنفّسه معاً، وأحببت أهلها كما أحببتها، مع

اختلاف بسيط جدّاً، هو، أنّ اسمها ماريّا، ولها سمت محدّد، وسحر مغاير لهم، وصوت، وصورة. حتى ورنين خُطى، لم يتشبّث بي غير كلّ ما ذكرت. وبالتالي، فإذا كانت رقّة الهدب لا معنى لها، فلا شيء في هذا الكون له معنى

كنت أشعر بهذا الحبّ نحوها، لكنّه كان ينمو كأيّ نبات ينمو في الظلّ، ولا يشعر به أحد. حين تلفحه الشمس ينضج.

رأيت أنّ كلمة حبّ، هي الأكثر تداولاً بين البشر، وأكثر تصريحاً دون كلام بين كلّ مخلوقات، وكائنات الله. رأيت أنّ ما تنتجه كمن يعصر القشّ اليابس، وفي أحسن الحالات، كمن يضيف للقشّ ماءً ليسقيه، ولكن السبب؟ هو ما أشرت إليه، وأنا أحكي لنفسي عن الحبّ المعصية، والحبّ العيب، وأضيف إليه الحبّ الحرام. كلّ العالم، وضع هذا الحاجز المؤلم بصوره المختلفة أمامه.

تردّدتُ بأن ألجأ إلى ابن الأشقر للعمل لديه، وبين الذهاب إلى أيّ معمل حرير، أو أيّ عمل آخر، حتى أبترُ، والأصحّ أجتثّ العلاقة مع ماريّا، وأسرتها، حفاظاً على حبّ، قد يفضي إلى سوء عاقبة، فيما لو استمر. لكنّ للقدر، ونحن كبشر، وكلّ ما في كوكب الأرض، وما في السماوات أدوات له، يشتغل بنا معاً، وكثيراً ما فكّرت في الطريقة التي يشتغل عليها ليخرج بما لا نتوقّع، فكانت النتيجة

هباء، لطالما أنا ذرّة ممّا يشتغل بها، وكويكر يذكّرني بها بين فترة وأخرى، لأشعر كلّ مرّة أنّه كعقوبة لي على فعل أجهله، مع أنّه بات مؤنسي، ومالئ خواء روحي.

ألقيت نفسي بين يديّ ابن الأشقر، فتلقّفني عندما قلت له من أرسلني إليه. لم أكن أعلم بأنّ الخلاقين، ونيرانها بانتظاري.

يبدأ العمل. عليّ أن أشعل الحطب تحت الخلاقين، بعد أن يضعوا فيها شرانق دود القزّ، وعليّ ألاّ أغفل عن النار كيلا تنطفئ، وأن أستمر أمام وهجها طول النهار، حتى يتمّ التأكّد من أنّ الشرانق اختنقت جميعها ببخار الماء المغليّ. إذاً، مهمّتي هي خنق هذه الكائنات الصغيرة، التي لا حول لها ولا طول.

كم كنت أتألّم، وكأنّني أنا الذي تغلي بي المياه. هناك من يعبد النار لا لأنّها تخنق الأحياء، وتفقدها وجودها، بل لأنّها شعلة الحياة الأولى، التي انتصر بها الإنسان على قسوة الطبيعة، وفي الوقت ذاته كان يصطاد، أو يروّض، أو يدجّن المخلوقات، من مختلف أنواع الحيوان الذي له البرّ، والبحر، والجوّ كي يعيش، وينعم بما في الطبيعة من خيرات، ليجعل من هذه النار المقدّسة شريكته في الإثم، وارتكاب الجريمة، لكي يرضي غرائزه.

أتوقّف طويلاً أحياناً، وأنا أفكّر في معنى وجودي، فأصل إلى طريق مسدود.

عليّ أن أخنق الشرانق ليرضى ابن الأشقر عن وجودي لديه. طلبت منه أن أنتقل إلى عمل آخر في معمله. أبى. وما عليّ إلاّ الانصياع، والصمت، فأختنق، أو أكون كالطير، فأفرّ إلى مكان آخر، للبحث عن عمل آخر، وهذا محال. جند الاحتلال يصطادون من ينبق في وجوههم من الشباب، والفتيان، حسبما قيل لي، أو أنّها إشاعة لتخويف من هم مثلي ليتسمّروا في المكان الذي يكونون فيه، ولا يفكّرون بالرحيل عنه، أو الهرب. ما يعني أن أهرب من الجبّ إلى الدبّ. هنا ابن الأشقر يحميني، كما أكدّ لي الخواجا أنطون.

انتهى عملي ذلك النهار، وكان ابن الأشقر قد استضافني في غرفة من غرف داره القديمة، ملمّحاً إلى استنكاره اصطحاب الببّغاء معي. يبدو أنّ داره بقيت على حالها، كما ورثها؛ ففيها سرير خشبي قديم، وعليه فرش بسيط، وعلى جدارها المقابل له صورة لجدّه، ولوحة من قماش مطرّزة بيد امرأة لصورة طفلة، تحمل بين يديها دمية، وشريطة حمراء على رأسها، وخزانة فرغت من محتوياتها، ولها مرآة مثبّتة على بابها الخارجي،

وصندوق عرس أبيه، المعتّق، والمصدّف، والمقفل بقفل خارجي غلب عليه الصدأ، وكان قد أوصاني، بألاّ أحاول فتحه. كان ابن الأشقر شخصيّاً قد أتى، ليطمئن عليّ. قبل مغادرته الدار أفلت الخروف، ليأكل ممّا نبت في ساحة الدار من أعشاب. المهمّ في الأمر أنّه يربّي في ساحة هذه الدار خروفاً يعلفونه، ربّما للتضحية به في مناسبة ما. كانت إليته ضخمة، لأوّل مرّة أشاهد مثل حجمها. فتحت باب الغرفة، ونوافذها بقصد تهويتها، ورحت أتمشّى بعيداً عن كبش الغنم.

يرى الكبش باب الغرفة مفتوحاً. يدخل إليها هائجاً. أسرعت لإخراجه منه، وفوجئت به يعود هائجاً، وينطح مرآة الخزانة المثبّتة بها في الدرفة الوسطى من الخارج، فتهشّمت. ذلك أنّه رأى صورته في تلك المرآة. أخرجتُه بالقوة، وأغلقتُ الباب، وأنا أندب حظّي. لم أكن أحسب لذلك حساباً، ربّما لأنّني أعيش بروح الطفولة، ومن يعش بهذه الروح، يعش هانئاً، ويكن إنساناً حقيقيّاً، لأنّه لم يتخلّ عن أهم مرحلة في حياته. يتأكّد لي أنّ على المرء أن يعيد حساباته مع الزمن، لأنّ دروب الحياة متشعّبة، وتقوده دون أن يدري، إلى محطّات لا يعرف إلى أين ستفضي إذا ما تابع المسير.

أمّا كويكر، فكان يلذّ له أن يقلّد مأمأة الكبش، فينتبه الكبش لتكرار صوته،، وكذلك كويكر، وأستمتع بتلك السوناتّات، وأنسى الواقع الذي أنا فيه. لقد قال الخواجه أنطون لي: خذ كويكر، فأنا لا أريده في بيتي. إنّه يسلّيك!

فعلاً هذا ما يحدث..

لا مكان للصدق والكذب لدى من هو في مثل حالتي مع الكبش.

مرآة. باب مفتوح. إنسان جاهل. حيوان غشيم. بهبهان ينتظر أيّ صوت ليقلّده. قلت لابن الأشقر ما حدث. قال لي: فداك! وعبارة فداك، بالنسبة إلي صارت تعني الكثير. أهمّ ما تعنيه، هو أنّه بحاجتي، لا العكس. كنت قد نظّفت الغرفة من شظايا زجاج المرآة، وأنتبه للكبش، وأعمد إلى ربطه بالحبل الرفيع المخصّص له، كلّما أُفلت.

ما لم أحسب حساباً، بأنّني ربطته، دون دراية بطول رسنه، أو بعقدته. أغلقت خلفي باب الغرفة، وباب الدار، وثبّتّه بمزلاجه الخشبيّ، ورحت أتفرّج على عمليّات ما بعد خنق الشرانق.

قامت العاملات بفرز الشرانق حسب الحجم: أوّل، وثان، وثالث.

ورأيت أنهنّ يفرزن حجمًا رابعاً يسمّونه (بغيلة) وهي الشرنقة التي تشارك بصنعها دودتا قزّ.

هذا حسبما تخيّلت خنقهما، وموتهما مؤلم جدّاً. هذا قدرهما أن تودّعا الحياة معاً.

تؤخذ الشرانق المفروزة إلى عاملات أخريات، وحسب أحجام الشرانق. يضعنها في أحواض يغلي الماء فيها، ويقمن بتحريكها بمقشّة إلى أن يظهر رأس الخيط من كلّ شرنقة، ثم يعطينها للريّسة المسؤولة عنهنّ، فتضعها بدورها في أحواض مياه فاترة، وتجمع رؤوس الخيوط من الشرانق بيدها، وتمرّرها ضمن فرضة متّصلة بدولاب يتحرّك آليّاً، وتصبح الخيوط شللاً على الدواليب. وأنا أفكّر بأنّ العمليّة تحتاج إلى يوم آخر، لأعرف بقيّة مراحل العمل. رأيت أنّ المعلّم سيقول لي: لا مكان لك في أيّ عمل آخر، فيما لو طلبتُ أن أنتقل من عملي في خنق الشرانق بالخلاقين.

في اللحظة ذاتها حضر المعلّم ابن الأشقر، وشدّ قبضته على يدي، وقادني خارج المعمل، إلى أن وصلنا

داره القديمة، حيث مأواي المؤقت. دسّ يده من فرجة في الباب، ونزع المزلاج. ساقني أمامه حين دخلنا، وقعت عيناي على الكبش، وقد نفق بسبب التفاف الرسن حول رقبته. قال لي المعلّم:

ـ أرأيت ما فعلت يا غبيّ؟!

يردّد البهبهان خلفه: "... ما فعلت يا غبيّ!؟".

ـ (تلجلجت في الإجابة متوسّلاً).. أنا بعرضك! ماذا تريد منّي، أنا بأمرك. سأعمل لديك حتى يوم القيامة دون أجر.

يردّد البهبهان خلفي: "أنا بعرضك...." كان فيه من القدرة على التلفّظ بكلّ الكلمات التي تُقال بسرعة فائقة؛ لا شكّ أن صنف (كويكر) يتميّز عن سواه من أصناف بالحفظ، والتذكّر.

قال المعلّم:

ـ لا. ستعمل بأجر. اعتبر أنّ شيئاً ما لم يحدث. أيضاً هذا فداك.

ظننت أنّ خلف أريحيّته هذه عاصفة، لا تبقي ولا تذر

قلت له بضمير يؤنّبني:

ـ سأعمل لديك دون أجر. لكن أطلب أن تسامحني

ــ لا. الكلاب أيضاً من حقّها أن تعيش. سيكون الكبش ألذّ وجبة لها الليلة (سحبني من يدي إلى أن صرنا على مقربة من الكبش. أشار بيده إلى الحبل الملتفّ حول رقبته. قال):

أنت عقدت الحبل حول رقبة الكبش بأنشوطة رخوة كالتي يُشنق بها المجرمون. هذه غلطتك. سأضع تحت تصرّفك هذه المرّة كبشاً آخر، أنت تعتني به هنا. سأعلّمك كيف ترعاه.

ينتقل إلى البهبهان، فيقف قبالته. يقول: زاهر. يكرّر خلفه: زاهر، ويضيف تحريك جناحيه فرحاً بهذا الوجه الجديد، الذي يناغيه. يبتسم ابن الأشقر لي، فيخفق قلبي له.

لغة القلوب هي أجمل لغة يتحدّث بها البشر، في حضرة الصمت. أحسست بحبّ يقوله لي قلبه، ولم أستطع الإجابة عليه بدقّات قلبي. كانت تدفعني لأطير بأجنحة لا أراها.

***

5

بعض الناس يكونون كالينابيع بكامل عذوبتهم. ابن الأشقر هكذا. التضادّ فيه، أنّه يخنق دود القزّ. لا يليق به هذا العمل الكريه.

يطلب من زاهر أن يجرّ الكبش النافق، إلى الغابة القريبة، وحدّد له المكان، قائلاً له: بعد أن تتجاوز آخر ضريح من المقبرة، سترى فجوة، في سياج من زيزفون. ادخل منها لمسافة معقولة، وهناك اتركه، وعُدْ.

... في الليل.. وليل الإنسان الوحيد مليء بأحلام اليقظة، لا بأحلام النائم، كما يرسخ في أذهان بعضهم. وعند النائم، معظم الأحلام تسيطر عليها الكوابيس. كيف، وأنا مثخن بالشعور بالذنب، وممتلئ برائحة حيوان، أنا السبب في موته خنقاً، ولو أنّ ذلك دون إرادتي، لكنه نتيجة غبائي.

علّقت الفانوس الذي أنير به غرفتي، إلى اليسار من أعلى رأسي، ويقابل كويكر تماماً. حرّك جناحيه، وبدا متذمّراً. يبدو أنّني صرت أفهم مشاعره بعض الشيء، بسبب اهتمامي بمتابعة تصرّفاته. أحسست بفراغ لا ترمّمه سوى القراءة. حاولت أن أكون ودوداً مع الطير. أشرت إليه بيدي أن ينتبه إلي فاستجاب فوراً.

قلت له:

أتحبّني؟ لم يردّد ما قلت. تساءلت في داخلي: ربّما يريد أن يردّد كلمات يحفظها. لا أدري كيف أُفلت من لساني اسم ماريّا. ردّد على الفور اسمها ثلاث مرّات، وهو يتنقّل بين جدران القفص، ثم يهدأ طاوياً جناحيه تعبيراً عن حزن. تمنّيت لو لم أذكر اسم ماريّا، لأنّ عقلي الباطن يبحث لي عما يجعلني هادئاً أنا الآخر، بعد كلّ ما أصابني من توترّ. قال لي: وجدتها! تذكّرتُ فقرة ممّا ورد في الكتاب المقدّس، تتضمّن سيرة بولس الرسول. حاولت تذكّرها كاملة. لكنّ التشوّش يعاود التهام تركيزي. تمنّيت أيّ شيء يمنحني الهدوء الداخليّ من جديد. لاحت أمامي أطياف وجوه العاملات، وجهاً وجهاً. ثم قفزت ذاكرتي إلى ماريّا. استبعدت طيفها قبل أن يستأثر بي.

لاح طيف أختها تيريز. استبعدته أيضاً لأنّه سيجرّني

من شعري كما لو كنت طفلاً مشاغباً. توقفّ تفكيري عند ابن الأشقر. استعرضت ما جرى بيني وبينه. شعرت أنّني الأقوى في علاقتي معه، على الرغم ممّا كنت أظنّه به من أريحيّة. تراجعت فوراً عن ظنّي، لأنني أنا الذي يخنق الشرانق، وليس هو. ثم قلت: لا. هو الآمر بهذا. قلّبت تفكيري في هذه المسألة. توصّلت إلى نتائج كلّها لصالحه، بتشغيله لعاملات فقيرات. يسترهنّ بما يحصلن عليه من أجور. ثم تراجعتُ.

نحن الاثنان مشتركان في جريمة خنق الشرانق. مشتركان في جرائم أخرى: تعرية شجر التوت، من أوراقه لإطعام دود القزّ. قطع أشجار الغابة، لإشعالها تحت الخلاقين. في الليل تعدو الهواجس إليّ كخيول جامحة، في ميدان مفتوح، لا سيطرة على الخيول فيه. التعب بجني الحرير من أجل من؟ من سيلبس هذا الحرير؟ ليس من يجنيه.

ليس الحفاة في أزقّة القرى الفقيرة. ليس الرعاة في البوادي. ليس الباعة الذين تُشقّ حلوقهم، وهم يصرخون ملء المدى، لترويج بضاعتهم، التي لا تشبع أرباحها بطون أسرهم. لمن؟ أُسكت هواجسي. أغلق فمها عنوةً. تتراقص سيرة بولس الرسول من جديد أمام عينيّ، كما لو كانت من زئبق. أتمنّى أن تستقرّ، لعلّ

عيون قلبي ترى الربّ الذي أحبّه، أو ترى الدماء التي تسيل على خشب الصليب، لأبلغ اليقين بأنّ هناك من يفتدي عذاباتنا، ويبدّد أرقنا، وهواجسنا، ويرينا الوجه الآخر لوجودنا، لعلّنا ننام، وتُستبدل كوابيسنا بأحلام جميلة؛ ففي الأماكن التي تكون فيها وحيداً حين يخيّم عليك الليل، يتمكّن منك رهاب لا تراه العين، ولا تستطيع الفكاك منه. هو ما تسميه الوحشة. ليس أصعب من أن تكون مستوحشاً.

يحكى أنّ الوحشة التي تواجه أناس الصحراء قاتلة، إنْ لم يجد ما يؤنسهم. وغالباً ما تؤنس الذئاب هؤلاء. أذكر أنّهم وصفوا بالصعاليك. أنا الآن لست في صحراء، والحقّ يُقال؛ فبعد أن يدير كويكر ظهره لي، وللعالم؛ غالباً ما تؤنسني الكلاب بنباحها، وابن آوى بعوائه، حين أكون قلقاً بعد منتصف الليل. ألقيت رأسي على الوسادة لأنام. لم يزرني الكرى لأغفو. تنادتني هواجس ما انقضى من عمري القصير كلّه، حتّى التي لم تكن تخطر على البال، وزارت فؤادي، لتقضي ليلتها في ضيافته. رحت أستبعد المحزن، والمؤلم، وكلّ ما أكرهه منها.

لم يبق غير طيف ماريّا، الذي يزورني دون استئذان، مع أنّ كلّ علاقتنا لا تتعدّى أن تكون كما لو كنت تصف

الماء: فيه كلّ العذوبة. فيه كلّ القوّة. منه كلّ شيء حيّ. مع كلّ هذا، لا لون له، ولا طعم، ولا رائحة!

أنتبه لأوّل مرّة إلى صندوق العرس الذي حذّرني المعلّم من فتحه. غُصت في مياه أسئلة لانهائيّة. كلّها لم أستطع الإجابة عليها، لأعرف ما يمكن أن يكون فيه. تركت ذلك للزمن. كلّ ليل له نهاية.

صباحاً. ودّعت كويكر بتحيّة، وابتسامة عريضة، وقصدت الخلقينة، التي تنتظرني، لأشعل النار تحتها. لم يكن ما تعوّدت أن أراه يوميّاً، من حركة حول معمل الحرير. لم يستقبلني المعلّم كعادته. باب المعمل مغلق. قصدت منزل المعلّم. كان عدد من صديقات زوجته حولها يقفن خارج الباب، كأنّ حادثاً ما قد وقع، ويتحدّثن حوله. وقفت على مقربة منهنّ. انفردت زوجة المعلّم عنهن، وتقدّمت باتّجاهي. قالت دون أن أسألها شيئاً:

ـ حضر عساكر، واقتادوا زوجي دون أن أعرف إلى أين. لا أعرف أكثر من ذلك! على أيّ حال، انتظرني لآتي بمفتاح المعمل، لتفتحه أنت، وقلت للبنات، أنّ يحضرن ضحى النهار. أنا بعد قليل، سألحق بك. وسآتي لك بالطعام. علينا يا زاهر ألاّ نوقف العمل. دود القزّ متوافر، وعلينا أن نؤمّن المطلوب من الحرير لأصحابه. سأعتمد عليك في

غياب زوجي. نأمل، ألاّ يطول غيابه، وأن يعود سالماً.

ما عرفته فيما بعد عن سبب اقتياد زوجها، هو أنّ امرأة تعمل جاسوسة كلمتها لا تنزل على الأرض، والكلّ يعرف أنها هي بالتأكيد السبب في احتجاز ابن الأشقر، لأنّه كان على علاقة مع ابنتها، ولم يقدم على خطبتها، والزواج منها. (كان ذلك من باب التخمين حسبما تبيّن).

انتظرت خارج المعمل. أتى رفّ البنات، عدا واحدة. حضرت الزوجة، معلّمتنا الجديدة، أمّ ذيب. بدت لي أنّها قادرة على تحمّل مسؤوليّة العمل، من خلال ما قالته لي: "بعد أن تكمل فطورك، تعال إليّ. أنا في الداخل عند الريّسة".

تناولت طعام الفطور. جبن وزعتر برغيف كامل.

قالت لي:

ـ أخبرت أهل الأولاد ألاّ يرسلوا أولادهم، إلى هنا بعد الآن. نحن من سيقوم بدلاً عنهم، بتحريك الشرانق لسحب خيوطها. بإمكانك الآن إشعال النار تحت الخلقينة. أوصيت البنات أن يكنّ جاهزات للتعامل مع الشرانق. بينما كنت أحرّك الشرانق فوق بخار الماء. اقتربت منّي إحدى البنات، وعلى عجل عادت إلى عملها،

بعد أن همست لي قائلة:

ـ انتبه. قد يسوقونك إلى العسكريّة أنت الآخر!؟

(فهمت منها أنّ هناك من يسوق الشباب إلى العسكريّة).

(لعب الفأر في عبّي، كما يُقال. يجب أن أخبر زوجة المعلّم، عن توجّسي. قصدتها في قسم شلل الحرير. أشرت إليها أن تدنو منّي، فنفضت يديها من بقايا خيوط عالقة بهما).

ـ أنا متوجّس من أن أُساق إلى العسكريّة أنا الآخر، حتى إنّهم يسوقون الفتيان أيضاً!؟

ـ اطمئن. أنت لا خوف عليك. اقتيد زوجي لأسباب أقولها لك، فيما بعد. عد الآن إلى عملك. قصّة السوق إلى العسكريّة كذبة!

فيما كنت أُدير ظهري لأغادر، انتبهت إلى أنّ العاملة سلمى تسترقّ النظر إليّ، على غير عادتها. تحديقها بي، كان ينمّ عن شغف مكبوت. غادرتُ المكان، وعيناها عالقتان في محجريهما، وتنظران نحوي.

انتهى عملنا الساعة الثالثة بعد الظهر. قصدت غرفتي في الدار القديمة. يستقبلني كويكر بخفق جناحيه.

يهتزّ القفص جرّاء ذلك. أبدّل له ماء الشرب. آتي له ببقايا خبز، وقبضة صنوبر. أخاطبه بكلمات تعلّمناها في الطفولة كأحجية. صعبة اللفظ، وكثيرة الحروف، ومن دون معنى مثل: "أفمنستنبكتكنفتكموها" فيلفظ منها بعض الحروف، ويسكت. (تورّطت، وقلت له): أتحبّ أن آتي لك بجوز فرنسي، فانفلت يكرّر كلاماً مختزناً في ذاكرته العميقة باللغة الفرنسية. مثل:

ـ تعالي يا جوزفين.

ـ أنت الليلة لي يا جوزفين!

ـ...... يا جوزفين!

وكنت على انتظار طعام الغداء كالمعتاد، فتأخّر تمدّدت على السرير.

عيناي تنظران باتّجاه السقف. لم أكن أرى شيئاً فيه، بسبب شرودي، وتشتّت أفكاري. على الرغم من أنّ كلّ ما فكّرت فيه، تستطيع، وأنت في حالة صحو، أن تقضيه بثوانٍ. ما فكّرت فيه: كيف ستستطيع أمّ ذيب تسيير معمل الحرير؟

حضرت أمّ ذيب في تلك الآونة، حاملة صينيّة نحاسيّة، عليها طنجرة نحاسيّة صغيرة يتصاعد منها البخار، وكانت

قد قالت عند وصولها الباب:

ــ أنا جئت يا زاهر. تكون قد جعت. (وضعت صينيّة الطعام وخرجت).

ــ سآتي بعد أن تتناول طعامك، وتستريح لآخذ الصينيّة فيما بعد. (يخفق كويكر بجناحيه، ويردّد بعض الكلمات التي قالتها).

كم يكون الطعام لذيذاً على جوع. راح زاهر يأكل بنهم، وهو يفكّر في عدد من الأسئلة التي سيطرحها عليها: ما اسمها ـ ماذا في الصندوق ـ ماذا سيكون شعورها لو لم يعد زوجها ـ هل ستبقى هي من يدير أعمال معمل الحرير، أم ستكلّف شخصاً ما، ومن يكون؟ تذكّر أنّ عليه إطعام كويكر ممّا يأكل كالمعتاد. يضع له خارج القفص بعض الطعام، ويدع باب القفص مفتوحاً. يخرج، ويتذوّق بمنقاره ما قُدّم له، ثم يجهز عليه، ويعود إلى القفص.

... عادت أمّ ذيب مع الغروب، وفي يمناها إبريق شاي مغليّ. كان زاهر متمدّداً، فعدّل من جلوسه. تبادلا ابتسامتين خجولتين.

ــ أحضرت لك الشاي. اشربه قبل أن يبرد!

ــ أشكر اهتمامك. لم يكن هناك من داعٍ لهذا.

لا أريد أن تحملي عبئي.

ـ لا عبء أبداً. المهم أن تشعر بالراحة هنا، وهدوء البال. لابدّ أنّ لك اهتمامات ما، أو أنّك تركت خلفك، ما يستحق التفكير فيه!؟

(وظلّت واقفة تتمنّى في سرّها، أن يدعوها إلى الجلوس، على كرسيّ خلفها).

ـ تفضلّي اجلسي. ليس من المستحسن أن تظلّي واقفة!

ـ (تستدير نحو الكرسي، وتجلس عليها) لا بأس. ليس لديّ أيّ عمل الآن.

ـ أناديك: أمّ ذيب، ولا أعرف اسمك. أحبّ أن أخاطبك باسمك!؟ (يخفض رأسه حياء، وهو ينتظر ردّ فعلها).

ـ اسمي زهرة. هل يعجبك اسم زهرة؟

ـ (يبتسم). أكيد! أريد أن أسألك سؤالاً قد يكون محرجاً، حول هذا الصندوق (وأشار إليه بسبابته). شغلني التفكير فيه دون طائل. أشعر مع الوقت، أنّه كما لو كان صديقاً لي، لا يحمل صفة بشريّ. صامت، وفي صمته سرّ ما. أكثر ما أتوجّس منه بعد أن تغفو

البلدة كلّها. ولا أنيس لأيّ وحيد مثلي، أو أيّ غريب، غير أصوات الوحوش، والريح، وكائنات المياه. ليتني أعرف ما فيه لأرتاح:

ـ الصندوق فيه ثياب جدّ زوجي. كان هذا الجدّ قد توفي بسبب جراح بليغة، لم تضمّد في حينها. كان نزفه غزيراً فقضى نحبه.

(تسكت هنيهة) الله يلعن من يفرّق بين الناس. كم من الأرواح خسرت البلاد في حرب الستّين. بيت القصيد، هو أنّ زوجي يحتفظ بثياب جدّه، التي جفّت عليها دماء جراحه. يقول إنّه سيثأر له! المصيبة أن الاقتتال على شيء ليس لك وحدك. والموت من أجل شيء، به، وبدونه تستطيع أن تعيش سعيداً، سيستمر لطالما الناس لا يعرفون أنّ الله لا يبارك بالأذى، وبالمؤذي، أيّاً كان، ومن أيّ دين كان. ما بالك بمن يسفك دماً بشريّاً؟ تتابع بعد صمت قليل:

أنا إذا دست على نملة، ومن دون قصد، يعذّبني ضميري. هذه قصّة الصندوق. لكن من يقنع زوجي العنيد ألاّ يقدم على فعلة شنيعة، وهو لا يعرف بالضبط من قاتل جدّه، ليثأر من أولاد القاتل بعد زمن طويل

مرّ على مقتل جدّه. لم يهدأ لي بال وأنا مع أبي ذيب من يوم تزوّجنا. (بعد لحظات من الصمت) تسأله عن قدرة كويكر على تقليد الأصوات:

— هل يجيد هذا البهبهان تقليد كلّ الأصوات؟

— أجل؛ إنّه من الصنف الذكيّ جدّاً، وسريع الحفظ، ولديه ذاكرة عجيبة!

***

6

تكتشف زهرة في صباح اليوم التالي أمراً خطيراً، حين جاءتها العاملة وداد مبكرة إلى منزلها، وأبلغتها أنّ زوجها غادر بيروت مع زميلتها فاتن. كان وقع ذلك على زهرة كالصاعقة. سألت وداد:

ـ كيف عرفتِ هذا الخبر؟

ـ جاءت امرأة إلى بيتنا، وأخبرتني لأنقل الخبر إليك. حلّفتني بالأنبياء، ألاّ أفصح عن اسمها لأحد. فهمت من كلامها، أنّها تعرف قصّتهما. تطلب من وداد أن تذهب إلى المعمل، وتنتظر هي والعاملات، ريثما ترتدي ثياب العمل، وتلحق بها.

كانت تنتظرها عند باب المعمل صدمة أشدّ وقعاً. المعمل مباع من قبل زوجها سرّاً، إلى شخص بيروتي حضر مبكّراً بسيّارة ضابط فرنسي. حضر على نحو مفاجئ، حتى

لا يتغيّر شيء، أو يخرّب، أو يبدّل في أدوات العمل. كان يرتدي طقماً رسميّاً مقلّماً يغلب عليه اللون البنيّ، وقبّعة إفرنجيّة، رماديّة من جوخ مميّز، وحذاء أسود لامع، كما لو أنّ لمعانه تعكسه الشمس.

كان حضوره متوافقاً مع فتح باب المعمل. يحيّيهم، ويدخل قبل الجميع دون إذن من زهرة، وهو يلوّح بعقد البيع والشراء في وجهها.

يحضر زاهر كعادته إلى دوامه كالمعتاد. يسأل عمّا حدث، يخبره الشاري أنّ معمل الحرير بات ملكه، ومن شاءت من العاملات فلتستمرّ. كان يرفع العقد في وجه زهرة كلّما فتحت فمها رفضاً لهذا العقد، واحتجاجاً على شرائه هذا المعمل، بما يشبه السرقة، لطالما هي لا تعلم بذلك، وأنّ لها حقوقاً فيه، كما لزوجها.

ـ أنا أستلم المعمل بموجب العقد، وأنتِ اشتكي عليّ، وعلى زوجك، وقدّمي ما لديكِ من وثائق تضمن حقّك. أنا مع القانون (قال لها بتودّد).

ـ ليست لديّ وثائق. كان كلّ شيء بيني وبين زوجي يتمّ على الثقة، وأنت يجب أن تصدّقني.

ـ أنا أصدّق الوثائق، وليس عندي غير ذلك أقوله

لك. وإذا لك حقّ قانونيّ معي، خذيه من عيني.

ــ هل يسمح لك ضميرك أن تخليني من مكان أعيش منه، أنا وعاملات فقيرات، ليس لديهن في الدنيا أيّ شيء يستندن عليه في عيشهن؟

ــ أنا لن أخلي أحداً، وأنتِ ــ لطالما زوجك سافر إلى البرازيل ــ تستطيعين العمل هنا، واختاري أيّ قسم، واعملي فيه.

كان زاهر، والعاملات يصغون إلى هذا الحوار العقيم، بوجوه ممتقعة. ينتظرون، ما ستؤول إليه الأمور بينهما.

طلب المالك الجديد، بعد فترة من الصمت المؤلم، أن يدخل الجميع إلى المعمل، ويعملوا كالمعتاد، وطلب من زهرة أن تسلّمه أوراق عقود المبيعات، ودفاتر الأجور، والديون، والمدفوعات المطلوبة. والمخزون من دود القزّ، والشرانق، والخيوط، وشلل الحرير الجاهزة. كان كلّ شيء يتمّ من قبل زهرة على ألم.

كان كلّ شيء يتمّ، وتفكيرها مع زوج خانها، مع عاملة، اسمها فاتن، المخادعة، وهي تدّعي صداقتها لزهرة. كلّ شيء كان يتمّ، وكم على الوديان أن تتّسع، كي تمتصّ صراخ روحها الذي يتكرّر صداه دون أمل. كم على عينيها أن تكتم دموعها، وتخنقها، وتذيبها، حتى

تبقى قويّة، ويكون لديها القدرة على تحمّل الشماتة. وفي المقابل، كم من الأفكار الشيطانيّة، تراود المرء في المواقف المذلّة.

كانت زهرة في تلك اللحظة تفكّر بإحراق معمل الحرير، عملاً بمقولة اليائسين: "عليّ، وعلى أعدائي يا ربّ!". تراجعت عن هذا القرار الشرّير، وفكّرت أن تستعيد المعمل، وذلك بإعادة ثمنه للبيروتي. كيف؟ لا بدّ أن تعطيه ما دفعه لزوجها. تذكّرت أنّ ثمنه قبضه الزوج ليرات ذهبيّة: خمسمائة ليرة ذهبيّة، وهي لديها من المصاغ، ما يعادل هذا المبلغ. ستضع المصاغ بين يديه، لعلّه ينصاع، ويقبل. لن تساومه قبل إحضار المصاغ.

انطلقت زهرة خفيفة إلى المنزل. قصدت السرير الذي تضع مصاغها في قلب فراشه الصوفيّ. فوجئت بأنّ القطب منتزعة، والمصاغ غير موجود. فكانت بداية كارثة جديدة. تأكّد لها أنّ زوجها استأثر بالمصاغ. سرقه، وحمله معه، وهرب به.

عادت إلى ذهنها الفكرة الشيطانيّة الأولى: إحراق المعمل. ثم تراجعت عن هذه الفكرة، مستسلمة لقدرها.

عادت إلى المعمل. كرّر البيروتي طلبه، بتسليمه موجودات المعمل، والوثائق المدوّنة بالعقد. تم التسليم

بحضور زاهر، دون أيّ اعتراض.

ـ تستطيعين العمل هنا بكرامتك إذا كنت راغبة!؟

ـ سأفكّر! (قالت له، والغضب يغلي في صدرها).

سأل البيروتي: من يشعل النار تحت الخلقينة؟ (وبدا أنّ لديه خبرة كافية بمتطلّبات العمل، وأسراره، وهو يسأل عن دود القزّ، وعن أحجامها، وأنواعها، وعن الشرانق، وغيرها).

دنا زاهر منها، وهمس لها: أنا ماذا سأفعل؟

ـ حين تنتهي من العمل، سآتي إليك. اطمئن (قالت له. أدارت ظهرها للمكان، وغادرت دون أن تلتفت لأحد) راح البيروتي يعطي أوامره للريّسة:

اليوم غير الأمس يا ريّسة. ليكن لك ألف عين. ألف أذن. لا تساهل مع أيّة عاملة. الدوام، دوام كلّي. لا أريد هدراً ولو بخيط حرير واحد، أو بدقيقة عمل واحدة. لا أحبّ أن يتكرّر كلامي أبداً!

***

7

لم تذهب زهرة مباشرة إلى منزلها. قصدت بيت ذويها، في حارة قريبة. أخبرت أمّها عمّا جرى. كان للأمّ موقف مغاير. قالت:

ـ أحمد الله أنّكِ تخلّصتِ منه. (من أوّل الطريق، ولا من آخره). يكفي أنّه لم يفرّط في المنزل، الذي تسكنين فيه، ولا بكرم التوت، ولا بداره القديمة. خسارتك لأبي ذيب ليست خسارة، بل ربح مضاعف. كان رأيي منذ البداية أنّه ليس مناسباً لكِ كزوج. دفعتِ ثمن إصرارك، وعنادك، وانتهى الأمر. هو أساء لسمعته، بزواجه من بنت جاهلة ذهبت معه (خطيفة)، دون أن يطلّقك. أنت الآن ستطلّقين منه حكماً. لا تحتاج مسألة طلاقك منه، سوى كلمتين للشيخ. ستكونين حرّة من جديد.

الأب أيضاً، كرّر الأسطوانة ذاتها، وأضاف عليها، ما تفتّق ذهنه عنه من تشويه لشخصيّة أبي ذيب. أمّا زهرة، فلم تقل لهما بعد، عن الشاب زاهر، الذي يسكن دارها

القديمة، ويعمل في المعمل، والآن أصبح في عهدة البيروتي، وبالعمل في تسخين الخلاقين. أخبرت أمّها أوّلاً عن وضع زاهر. سألتها الأمّ:

ـ هل زوجته معه؟

ـ هو ليس متزوّجاً. لا يزال أعزب. أسألك: هل أتخلّى عنه، وأخليه من الدار، أم؟!

بدت الأمّ تفكّر. لم تستعجل في الإجابة:

ـ يمكن دعوته ليسهر عندنا الليلة. سأدع أبيك يزوره، ويدعوه. لن أسألك عن صفاته. نحن سنتعرّف إليه، وبعدها نحكم عليه؛ أيبقى في الدار، أو لا يبقى.

ـ نسيت أن أبلغك، أنّ أبا ذيب سرق مصاغي.

تقاطعها غاضبة: ـ ماذا؟!

(تلوذ زهرة بالصمت خافضة رأسها، لشعورها بذنب هي السبب فيه).

ألم أقل لكِ أن نحتفظ بالمصاغ لدينا؟

ـ لم أكن أريد أن يزعزع ثقته بي، فتركت له خيار الاحتفاظ به.

ـ هذا ما كنت أحسبه. لا أمان للرجال يا ابنتي. من تؤمّن لهم، كمن تؤمّن الماء في الغربال! مع الغروب، لمّا

عاد أبو زهرة، مصطحباً الشاب زاهر معه إلى المنزل، كانت أمّ زهرة قد أعدّت الطعام، ليتناوله الجميع. قالت لضيفها:

ـ أتمنّى أن تعجبك طبختنا اليوم. هي برغل على حمّص!؟

ـ نعمة! (أجاب باقتضاب).

ـ ليكون بيننا وبينك خبز وملح!

ـ سبقتكم كريمتكم زهرة إلى ذلك!

ـ ما هو رأيك، بما حدث اليوم يا زاهر. أقصد تصرّف زوج ابنتنا زهرة، الذي لا يليق بإنسان محترم!؟

ـ كلّ شخص في هذا الكون يعمل بأصله. ليس هذا الأمر مستغرباً بالنسبة إلي. من يتبع أهواءه، كالعاصفة التي لا تحصد إلاّ الهشيم. زوجها جنى على نفسه. لم يكن ينقصه شيء. عمل حرّ. ملكيّة تكفيه شرّ الحاجة. يملك بدل الدار دارين. والأهمّ من كلّ هذا.. (يشير إلى زهرة) وإنسانة تتوافق صفاتها مع اسمها. يسأله الأب عن ذويه، وكيف ساقه القدر إلى هذه القرية. كانت أسئلته لزاهر متلاحقة. اختصر زاهر الإجابة عليها بقوله: أنا يتيم. كانت ترعاني إحدى الأسر، وتعلّمني في الكنيسة. رأى ربّ الأسرة التي ترعاني أن أعتمد على نفسي، فأتى بي إلى معمل الحرير هذا، باعتباره يتعامل معه، بما يخصّ الكنيسة، في مجال الحرير. هذه حكايتي. (توقّف قليلاً

عن الكلام، وكأنّما يرتّب الفكرة التي سيطرحها.. يتابع): أرى الآن أنّني عبء على السيّدة زهرة، بسكني في دارها. (يسكت هنيهة، ويتابع). ولأنّي أعزب، يزداد الوضع تأزّماً. سأفكّر في حلّ لهذا الموضوع، أو سأضطر آسفاً، أن أبحث عن سكن بديل، أو ليس أمامي سوى الرحيل، إن لم أوفّق بسكن. ساعدوني على الحلّ!؟

بدا الأب مبتهجاً لهذه الصراحة، التي أظهرها زاهر:

ــ أنت عندنا ستكون بمثابة الولد. نحن لنا هذه البنت الوحيدة (وأشار إلى زهرة). لن تكون عالّة علينا، لأنّنا سنكلّفك بالاهتمام بكرم التوت الذي لنا، والكرم الذي لزهرة. كرمان يحتاجان إلى فلاحة، وسقاية، وجلب بذور دودة الحرير لهما، وزراعتها في الشجر. هذا إذا أردت أن تترك عملك في المعمل الذي آل إلى البيروتي؛ وإذا أحببت أن تستمر في العمل لديه، ستكون لك حريّة العمل في كرميّ التوت، في أوقات فراغك. فكّرْ...!؟

والآن بإمكانك الذهاب إلى غرفتك.

(يلتفت إلى زوجته): صرّي له زوّادة تكفيه ليومين ممّا تيسر من حواضر البيت، ليأخذها معه، ولا تنسي أن تزوّديه ببعض الحبوب، وغيرها للبهبهان.

***

8

في مثل هذا الواقع، لا تستطيع زهرة رؤية زاهر بتاتاً، بعد أن بدأ يشغلها التفكير فيه، إلاّ في حالة واحدة، هي أن تعمل في معمل الحرير المباع. مثل هذا القرار بعد أن حدث ما حدث، ليس بيدها وحدها. لا بدّ من رأي الأب، والأمّ بذلك.

في سرّها راحت زهرة تفكّر في الطريقة، التي تقنعهما بأن تعمل، فيما لو كانا متشنّجين حيال ذلك.

كم يكون الخطأ جسيماً حين يتبع المرء أهواءه. كم على المرء أيضاً، أن تكون حساباته دقيقة، إذا لم تكن تتعلّق به وحده. ما سار أحد خبط عشواء إلاّ وطالت طريقه، إلاّ وكان عليه أن يقيس المسافة بالزمن، وليس بمازورة القياس.

زاهر، هو الآخر يفكّر في المأزق الذي هو فيه. تتشتّت ذاكرته بين زهرة، وماريّا، وبين تأمّلاته، وأمنياته

بأن يظلّ حرّاً كالهواء. يشعر أنّ قلبه يشدّه إلى طرقات لا يريد عبورها. يحاصره في دائرة الرغبة. المرأة تذكي بنيرانها ليله الطويل. تختطف ببريقها ما يتعدّى قلبه. يستلم عقله المهمّة. يقول له بكلّ حدّة: أنت إنسان. الجناح للطير. لا تحاول أن تكون طيراً. أنت آمن بين بشر مثلك. أنت لست وحشاً في غابة. أنت ابن تاريخ، ولست أول الكائنات. أنت قمر ليل، وحولك نجمات تشعّ. أنت لك غرائزك، دوافعك، ولو أهملتها، أو أفرغتها من كيانك، سيمتلئ كيانك بدلاً منها بالخواء، فهي تؤجّج مشاعرك، هي تحافظ عليك، هي تجعلك إنساناً سويّاً.

لم يصغِ إلى هذا الصوت. كانت هناك أصوات عميقة تناديه. تناسى يوم أغرته ليسألها عن اسمها، ويوم كان ينتظر مجيئها حاملة له الطعام. هل يفتح صفحة جديدة في كتاب الحياة، تخلو من النساء؟ هل يستطيع؟ يسأل نفسه. تراوده خواطر تتعلّق بزوج زهرة. يتساءل: ماذا سيحصل، لو كان هربه مع العاملة فاتن تمثيليّة أيضاً؟ فلربّما كان هناك دافع ما، وسبب لذلك! ماذا سيكون شعور زوجته زهرة؟ هل ستصفح عنه؟ ربّما؛ فهي أحبّته، واختارته.

هواجس زاهر ذهبت في أكثر من اتّجاه. تساؤلاته تشعّبت. يطرأ عليه تساؤل جديد يتعلّق بعمله لدى

البيروتي: إلى أين سأذهب فيما لو تركت العمل لديه؟ يقول. ثم يجيب نفسه: معامل حرير كثيرة هنا وهناك، لا بدّ أن تكون إحداها بحاجة إلى عامل! تساؤل آخر يمحو سابقه: وهل من الضروريّ أن أعود إلى عمل كرهته، سئمته. خنق كائنات صغيرة، وحرمانها الحياة، من أجل أناس آخرين، يريدون الثراء، أو يسعون إلى التباهي بحريرها؟!

أأقصد بيروت؟ طرابلس؟ صيدا؟ صور؟ حيفا؟ صفد؟ القدس؟ الشام؟ فيها كلّها سأكون عبداً. سيكون عملي ضمن مساحة محدّدة. سأدور في مكاني، مثل خنفساء في آنية فارغة. (يتوقّف هنيهة عن هذه الهواجس، ثم تتلبّسه من جديد. تحاصر خياله صورة بنت من بنات معمل الحرير. اسمها ليلى. ينادونها باسمها الدلع، لولو. كانت تتأفّف، وهي تفرز الشرانق المختنقة). يتساءل بينه وبين نفسه عن سبب تأفّفها. تتّضح صورتها في خياله أكثر. تأكّد له من خلال تقاسيم وجهها، أنّ السبب لا يتعلّق بالعمل!

يحمل القفص. يفتح باب الغرفة، ويخرج. يتجوّل في فسحة الدار. يتوقّف، ويصغي إلى أصوات الوحوش في البراري البعيدة. يبدو في منتهى الحيرة. يتخيّل أنّ زهرة

قادمة كعادتها. يعود بالقفص إلى الغرفة. يغلق بابها. يندسّ في فراشه لينام، دون أن يستقر على أيّ هاجس.

غلب على زاهر أن يكون هو كويكر البهبهان ـــ لا كويكر الذي يضرب بجناحيه جدران القفص، كي يشعر زاهر بوجوده، لعلّه يلاعبه، أو يناغيه؛ لكنّ هذا الزاهر كان في وضع نفسيّ لا يُحسد عليه.

صباحاً، يضع زاهر الطعام، والشراب للبهبهان، ويقصد معمل الحرير، ليجد البنات العاملات يتأهّبن لزيارة زهرة في منزلها، والريّسة تقنعهنّ بالعدول عن هذا القرار. كنّ قد اتخذن قراراً بعدم مواصلة العمل لدى البيروتي. اعتبرن عملهنّ لديه خيانة لزهرة، وتضامناً معها يجب أن يرفضن العمل.

كان موقف البنات مفاجأة لزاهر لم يكن يتوقّعها. وقف ينتظر ما ستنتهي إليه حكايتهنّ مع الريّسة. لاحظ أنّ الريسّة شرعت تتعامل معهنّ بدهاء. انفردت بإحداهنّ، وأقنعتها بمتابعة العمل. فتحت لها الباب، ودخلت. أمّا ما الذي قالته لها، فكان همساً، ولم يُسمع. انتقلت إلى بنت ثانية، فثالثة. كرّت المسبحة، عليهنّ، إلاّ ليلى.

يقف زاهر حائراً. سيتوقّف العمل نهائيّاً، إذا لم يشعل تحت الخلقينة. مثل هذا العمل يحتاج إلى همّة

رجل، يستطيع تحمّل التعب، والحرارة المنبعثة من الموقد تحت الخلقينة، ولفح اللهب، حين يلعب الهواء بالنار. كانت النتيجة أن وافقن جميعاً على العودة إلى العمل.

كان قرار زاهر ألاّ يعود إلى العمل، وراح ينتظر البيروتي، حتى يبلغه ما قرّره.

تابع عمله، ذاك النهار على مضض. أشعل النار. وكلّ شيء تمّ كالمعتاد. حضر صاحب العمل عند الظهيرة. أبلغه زاهر أنّه سيتوقّف عن العمل نهائيّا بدءاً من الغد. حاول إغراءه بزيادة الأجر، وبتأمين سكن مريح. أصرّ زاهر على موقفه. قدّم له إغراء أكبر. وعده أن يزوّجه على حسابه، من أيّة بنت يختارها من العاملات، أو سواهنّ. ظلّ على قراره. طلب منه أن يداوم أسبوعاً إضافيّاً، ريثما يجد البديل، فوافق. كان صاحب المعمل يضمر الاستمرار بإقناعه إلغاء فكرة ترك العمل من رأسه. بينما كانت حسابات زاهر مختلفة تماماً عن حساباته؛ فما في رأس زاهر من ضجيج، وتشوّش، من الصعب أن يجعله يترك الماضي خلفه، وينطلق من جديد، إلى أفق جديد يتوقّع ما قد يكون فيه من الخير والشرّ، لمساره الوجوديّ.

يعود زاهر من العمل إلى غرفته بعد ظهيرة ذلك النهار. يجد الباب الخارجيّ مقفلاً بقفل، لم يكن القفل

الأساس. استغرب الأمر، وله بعض الحاجيات في الداخل. قصد دار أبي زهرة، ليعرف السبب. كان أبو زهرة في انتظاره. رحّب به، قائلاً له:

ـ فعلنا ذلك من أجل أن تحضر إلى هنا حين تعود من عملك. الغداء جاهز. (ينادي بصوت عالٍ) يا أمّ زهرة، هاتي الطعام. يا زهرة. ساعدي أمّك. جاء زاهر.

لم يفاجئ زاهر هذا التصرّف. حدسه يقول له الحقيقة الماثلة، التي ستخرج من دائرة السرّ، والظروف المستجدّة، على هذه الأسرة. الخلاصة: (يريد الأب، والأمّ، أن يكون زاهر زوجاً لابنتهم، وزهرة لا علم لها بما يضمران؛ فهي حتى هذه اللحظة تتعامل مع زاهر، وتنظر إليه كشابّ طيّب، يمكن إن يكون صديقاً لها، تبثّه مكنون قلبها، ورغباتها).

كان الطعام عاديّاً، كما عند الريفيّين جميعاً. ما تنتج لهم الأرض، وما يدجّنون من طير، أو شياه، وأغنام، وأبقار. الغداء ديك دجاج، مع لوبياء، وبرغل. لم يكن زاهر أكولاً نهماً. لاحظوا صفته هذه في المرّة السابقة. فراح يلحّ الأب عليه، أن يأكل، حتى الشبع. وقال له أكثر من مرّة: (الأكل على قدر المحبّة!). بالنسبة إلى البهبهان أطعمته، وغيّرت له الماء. ستفقد بعض الثياب من غرفتك؛ لقد جلبتها، لتغسلها زهرة.

أعتقد أنّها لن تجفّ اليوم. غداً أيضاً، تحضر. نتناول طعام الغداء معاً، وتأخذ ثيابك معك. (رفع سبابته وخاطبه بودّ):

ـ إيّاك تقول: لأ..

يبتسم زاهر. يجيبه مازحاً:

ـ وإذا ما أتيت؟!

ـ يكون حسابك عسيراً! (يجيبه بتحبّب).

يشربون الشاي الذي غلته زهرة، في الوقت الذي كان زاهر، وأبو زهرة يتنادمان. أمّ زهرة، كانت قد عادت بصينيّة الطعام إلى غرفة المؤونة، التي كانت بمثابة مطبخ لهذه الأسرة، كمطابخ الكثير من الأسر.

كانت أمّ زهرة تتضايق أحياناً من السخام، الذي يطرحه بابور الكاز، في تلك الغرفة. ذلك السخام يتضاءل تراكمه صيفاً، بسبب إشعال البابور خارج الغرفة.

يأخذ زاهر المفتاح الجديد من أبي زهرة، ويقصد غرفته. فكّر في أن يتفرّج على معالم القرية أكثر. سلك طريقاً تقوده إلى الغابة، ولو طالت الطريق بين دور السكن. كلّ الذين صادفهم في مسيره، من رجال ونساء وأطفال، كان يرى وجوههم سافرة، ومضيئة. الكلّ ينظرون

إليه باستغراب. الرجال يحيّونه بودّ، حتى لا يشعر أنّه غريب في قريتهم. النسوة ينظرن إليه بأريحيّة، وغالباً ما يلتفتن نحوه، بعد تقاطعه، وابتعاده عنهن.

يرى عند طرف الغابة الشرقي، ثلاثة فحّامين، يقفون عند مفحم، يتسرّب منه الدخان، وشعلة لهب تبدو أنّها اشتعلت للتوّ، وهم يحاولون خنقها بالتراب، كيلا تشتعل النار بالمفحم، وتدعه رماداً. لم ينتبهوا إليه، إلاّ حين توقّف يتفرّج عليهم. كانت الشعلة، قد بدأت تخبو شيئاً فشيئاً، ثم خمدت. كان زاهر يشعر بضيق نفسه أكثر، كلّما كانت الشعلة تميل إلى الانطفاء. أحسّ أنّ اختناق النار، يعادل اختناقه، أن تخنق النار، لكأنّما تخنق الحياة ذاتها. النار شعلة الحياة الأولى. يتذكّر ممّا قرأ في الكتب، أنّ النار ساعدت البشر أن يظلّوا أحياء، وأنّ النار لدى الكثيرين من البشر، كانت مقدّسة، ولذلك كانوا يعبدونها.

هنا تُخنق النار بأكثر من جريمة: خنقها، وخنق الاخضرار في غصون الشجر، وتعرية الغابة، وقتلها حيّة، وحرمان البشر، والطير، والوحش من غابة، هي بمثابة جنّة لهم.

***

9

ينكفئ زاهر عائداً بعد أن رأى ما يحدث بضيق شديد، وبعجزه الكليّ حتى عن إبداء رأيه حول قطع شجر الغابة، التي هي بمثابة وطن للجمال. للطير. للفراشات. لحيوانات، ووحوش، لا مكان لها في عالم تسيطر عليه عقول، تعادي الهواء الطلق، والنسيم العليل، والكائنات التي من حقّها العيش بسلام. عقول، لا تفكّر إلاّ بغرائزها

يصل الغرفة، يدخلها مكتئباً. غيمة سوداء سميكة في خياله تسمّرت. لا تستطيع أن تهزّها رعود الكون لتمطر، ويتخلّص من ثقلها. لا ثياب يبدّلها. شروال عمل أسود، وقميص كتّان لونه الأصليّ أزرق. لا يظهر من هذا اللون، إلاّ ما خفي تحت القَبّة. وكلّه غلب عليه لون السخام الأسود الكالح.

لم يتمدّد على السرير هذه المرّة خوفاً من أن يوسّخ أغطيته. تمدّد على فراش صوفيّ عتيق، كان مطويّاً، في

إحدى الزوايا. حدّق بنقطة لا على التحديد في السقف. نقل بصره إلى مصباح الكاز المعلّق على الجدار. لاحظ أنّ بلّورته مسخّمة بسبب فتيله القصير، واضطراره إلى رفعه كي يظهر نوره أقوى، ليستطيع القراءة قبل أن ينام.

قام بتنظيف البلّورة، وأعادها إلى المصباح. تناول كتاب ابن عربي. رأى أنّ نور المصباح الشحيح، لن يساعده على إعادة ما كان قد قرأه في مقدّمته عن حياته، وارتحاله ما بين أكثر من مكان، إلى أن غدا اللغز المحيّر بعد وداعه هذه الدنيا الفانية، ورحلته بين الأزل والأبد في رؤيته للوجود. للمرّة الثانية يضع الكتاب من يده. كانت الأولى قبل يومين، بسبب عدم استقراره وقلقه ممّا يراوده من هواجس لا رابط بينها، ولا هي من منبع واحد، ولا تسير فروعها إلى مصبّ واحد.

كلّها يرافقها طيف فتاة اسمها ماريّا لم يعد يدري عنها شيئاً. كلّها تحمل سرّاً غريباً. محاولة تفسيره، دخول في متاهة، قد لا يكون هناك سبيل إلى الخروج منها، إلى متاهة أخرى، حتى ولو بثقب جدرانها. مع كلّ ما يفكّر فيه، يقف زاهر على حافّة الخوف من الوقوع في قلعة حرّاسها لا يبالون بمن تُغلق عليه أبوابها. سهره يطول، والبهبهان كويكر بدا من حركاته داخل القفص، أنّه في

ضيق شديد، ربّما كان يوازي الضيق، الذي يعاني منه زاهر، وهو يحاول أن يجد ما يبدّد قلقه، وحيرته، وتوتّره؛ فهو منذ كان يتعلّم في الكنيسة، كانت لا تلذّ له إلاّ تلاوة بعض ما يحفظه، من كتب دينيّة، ويحبّ أكثر تصفّح أوراقها. سماع حفيفها. ينتشي من رائحة الورق. الورق العتيق بخاصّة. يشعر أنّ الكلمات على الورق لها أجنحة، والأوراق كأعشاش سنونو لها، وأسعد اللحظات لديه، حين يزوره ملاك النوم، ويغفو. يتذكّر ما كانت تقوله له ماريّا: ليس مهمّاً أن تقرأ كلّ ما في الكتب. المهمّ أن تقرأ ممّا فيها من محبّة. المحبّة هي القوّة.

يقول مع تنهيدة طويلة:

"المحبّة هي القوّة!".

ينتفض البهبهان كأنّما جاءه الفرج، ويردّد:

"المحبّة هي القوّة".

يحيّيه زاهر، ويقول له:

ـ لا أدري من منّا مثل الآخر ياكويكر!؟

ـ يفشل كويكر في ترديد ما قال زاهر في المرّة الأولى، ثم يلفظها كما قيلت إلى حدّ ما.

المصباح ينوس، على آخر الزيت، وآخر الفتيل. يغفو بعد أن نال منه النعاس بعد سهر طويل، وغفا لتكون ماريّا نجمة حلمه.

كان كويكر يردّد:

"ماريّا.. ماريّا".

"اتركوها تموت!".

أمّ ماريّا تنادي بعد أن أحجم كويكر عن الطعام والشراب بسبب غياب زاهر:

ـ (إجا زاهر!).

يردّد كويكر وهو يرقص داخل القفص فرحاً:

"إجا زاهرا". وحين لا يجد زاهر قد أتى، يدير ظهره للمتفرّجين عليه، وينطوي على نفسه، أو يؤدّي صيحات حزينة، ونشيجاً، وبكاءً، ممّا تحفظه ذاكرته القويّة حين كانت تحدث حالة وفاة، وهو لدى الضابط الفرنسي جاك

يردّد نداء ذاك الضابط لجوزفين:

"جوزفين اتبعيني".

"جوزفين".

يتقطع حلم زاهر على بكاء مختنق لماريّا. يتوهّج

الحلم من جديد على مشهد مثير يحدث بين الأب، وبين كويكر. يأتي الأب حاملاً بعض الفاكهة له. بمجرد فتحه باب القفص ينقضّ كويكر عليه، ويشوّه وجهه بمنقاره، ويدميه. يغلق الأب باب القفص عليه من جديد. تأتي الأمّ مذعورة لتنقذه. يردّد حين يراها، وهو لم يرها إلاّ هذه المرّة: "جوزفين". وللفضيحة أجنحة. سرعان ما حلّقت هذه الفضيحة في القرية. البهبهان يرفض أن يأكل شيئاً من أيّة يد.

يذوي البهبهان من الحزن والجوع والعطش. يحمله الأب بعيداً عن الدار، غير آسف عليه. ويستأثر كلب الجيران وحده بهذه الغنيمة!

ذلك بعد أن أضحى غريماً له. يتابع الحلم حلقاته:

يدخل الزوج المخدوع خلف جوزفين، ويغلق باب الغرفة. عند أوّل صرخة لها، ينهض زاهر من النوم مذعوراً. ينظر حوله. يستعرض حلمه. يتمنّى ألاّ يكون فيه أيّ شيء حقيقيّاً. كلّ ما يعرفه عن جوزفين أمّ ماريّا أنّها أقرب لأن تكون قدّيسة، وأنّ ما قاله البهبهان محض افتراء.

يشعل زاهر بابور الكاز صباحاً بعد أن ينهض من النوم. يغلي الشاي الذي يجد فيه متعة تعوّد أن يختبرها، في الكنيسة؛ إذ كانت تُقدّم الشاي للتلاميذ، بأكواب صغيرة، وفي أوقات محدّدة، مع أقرانه من

الجنسين، في جوّ من الوداد. مع أنّ ذلك كان يتمّ، ككلّ شيء آخر من طعام، أو شراب، وحصص دراسيّة، وصلاة، واستراحة، ورياضة، وحفلات ترفيه، وغيرها.

لا طعام لدى زاهر غير كسرات خبز جافّة، وبضع حبّات زيتون. يقدّم شيئاً منها لصديقه كويكر. يكتفي بهذه البقايا التي كانت لهما وجبتهما الصباحيّة. يقفل باب الغرفة، ويقفل باب الدار الخارجي، ويقصد معمل الحرير.

كان في ذلك الصباح، كمن يشاهد لأوّل مرّة، ما يشاهده في طريقه، التي يقطعها كلّ يوم في ذهابه إلى المعمل. ينتبه إلى أنّ في الدار الأولى، على يسار الطريق شجرة أرز معمّرة. للدار التي تقابلها بوّابة كبيرة بقنطرة من حجر كلسيّ منحوتة بيد بارعة، وفي أعلى القنطرة من الخارج كلمات منقوشة بإزميل فنان تقول:

(أهلاً وسهلاً ــ هذا من فضل ربّي).

يغمره فرح داخلي لم يستمر طويلاً. انتهى حين رأى الدار التي تليها دون بوّابة، وجدرانها متهالكة. رأى امرأة قادمة تحمل على رأسها حزمة كبيرة من الحطب مربوطة بشال عتيق لونه كمّونيّ باهت، وأقرب إلى أن يتقطّع. في اللحظة ذاتها يخرج من الدار طفلان، وطفلة

حفاة، بثياب مهلهلة، لم يستطيع أن يتحقّق من ألوانها، بسبب قِدمها، واستعمالها المتكرّر. لتخرج من زاهر نفثة مصدور. أعقبها: (وهذا من فضل من؟!). لم يعد يرى، بعد هذا المشهد شيئاً، حتى وصل معمل الحرير.

هناك، كان الجميع في انتظار الريّسة. المفتاح معها، ولها القرار في غياب صاحب المعمل الجديد. حضرت والغضب بادٍ على وجهها. لم تقل ما السرّ، ولم تستطع أيّة عاملة أن تسألها. بعد دخولهنّ توزع الأعمال عليهنّ. أعطت أمرها إلى زاهر، أن يشعل النار تحت الخلقينة، وأمرت العاملة هدى أن تحضر الشرانق المعدّة لخنقها.

حضرت زهرة بعد فترة من بدء العمل. لا بدّ أن ترى زاهر أوّلاً. فعمله خارج المبنى. حيّته، وطلبت منه أن يذهب إلى بيت أهلها بعد أن ينتهي من العمل، لأمر ضروريّ. دخلت محيّية العاملات اللواتي كنّ في طريقها إلى الريّسة. تستقبلها الريّسة ببشاشة، وترحّب بها بودّ. تبلغها زهرة أنّ الشرانق في كرم التوت جاهزة. تطلب منها إحضارها متى شاءت؛ فهي مخوّلة باستلامها. تغادر المكان، وعند الظهيرة ترسل الشرانق مع أبيها.

كلّ أقسام العمل تجري على ما يُرام. لم تستطع الريّسة، أن تكتم السرّ الذي جعلها تأتي غاضبة إلى العمل.

أخبرت هدى أنّ زوجها لم ينم في المنزل ليلة الأمس، وهي قلقة عليه، وأكثر ما تخشاه، أن يكون حنينه قد عاد إلى الأرملة التي طلّقها زوجها بسببه.

قبل انتهاء الدوام بقليل حضر زوج الريّسة، مصطحباً شاباً مصريّاً، على أمل أن يكون بديلاً عن زاهر. كان زوجها مع الحطّابين، واستضافه هذا الشابّ، الذي أبدى رغبته في العمل هنا.

***

دودة القزّ..

لا تبالي بمن يلبس حريرها..

10

يقصد زاهر منزل أهل زهرة، بعد انتهاء الدوام. يجدهم بانتظاره كالعادة، ليتناولوا طعام الغداء معاً.

أمّا ما هو هامّ في رغبة زهرة بمجيئه، فإنّه يتعلّق بعمله في كرم التوت، وباستكمال غرس المساحة، التي لم يجدوا لها غراس التوت الذكريّ في حينه.

كان رأي زاهر أن تزرع هذه المساحة بغراس تفّاح الغولدن، والستاركن. بدلاً من التوت، وشيئاً فشيئاً، تُقتلع أشجار التوت، ليُغرس التفّاح مكانها، وهكذا. يُضمر زاهر، أن تقطع زهرة علاقتها بمعامل الحرير، لأسباب كثيرة؛ فروحه لم تنسجم مع مهنة معامل الحرير، ورؤية الشرانق تختنق، وتموت بماء مغليّ، ورؤية شجر الغابات يُجزّ كما لو كان شعراً، في رأس أجرب لحرقه. لغلي الماء بناره. العاملات، يلبسن خشن الثياب، وينتجن الحرير لسواهنّ

من بشر خمسة نجوم. كذلك الراهبات اللواتي يعملن في غزل خيوط حرير، دون أن يعرفن كم من ملايين الكائنات ماتت خنقاً، لتكون هذه الخيوط بين أيديهن، وأيدي سواهم، من نسّاجين، ورسّامين، وطرّازين، وبيّاعين، ومساومين، وتجّار، وهنّ اللواتي ترهبنّ خدمة للربّ، الذي ينادي بالمحبّة، لا بقتل الكائنات. كلّ ذلك من أجل فئة قليلة تثرى، وفئة قليلة تلبس الحرير. والفئة التي لا حصر لها، لأحلامها، لعذاباتها، عليها أن تغمض عيونها. تمسح ذاكرتها. تخرس أحلامها حين ترى حريراً يتوهّج على جسد.

لم يوافقه أحد على ما يفكّر فيه. لا زهرة، ولا الأب، ولا الأمّ. الكلّ يريدون أن تظلّ المياه بمجاريها. يبرّرون ذلك، بأنّ التوت يحقّق لزهرة دخلاً تستطيع العيش به. التوت، بعد ثلاث سنوات يُستفاد منه في زراعة بذور دودة القزّ، بينما التفّاح يحتاج لأكثر من خمس سنوات لينتج. عدا عن خبرة الناس بالعمل في زراعة بذور دودة القزّ، وجني الشرانق، وغيرها. يقول لهم إنّه سيفكّر في الأمر، والحقيقة أنّه لن يوافق على قرارهم. سيفكّر في الأمر الخاص به، بعد أن جاء الشاب المصريّ بدلاً عنه. سيفكّر إلى أين ستكون وجهته. هنا ضاق به المكان. كلّ شيء فيه يختنق، حتى النداءات الخفيّة لقلب زهرة، في

أن يكون شريكاً عاطفيّاً لها، وحتّى أحلام والديها بأن يكون شريك حياتها المستقبليّ.

لا يريد زاهر لقلبه أن يتحطّم على صخرة ماريّا، وحبّها الذي يتكسّر بسبب الدين. الصخرة الثانية، هي زهرة التي تعلّمت كيف لا تقضي ليلها دون جسد آخر يقاسمها الفراش، ودون رجل تتّكئ عليه في شؤون حياتها، وتلقي عليه همومها، وهموم دنياها.

قرار زاهر حتى هذه اللحظة لا يزال غائماً؛ فالمرأة التي هي سليلة عشتار الأولى، ليست نصف إلهة، ونصف بشر. ليست التي حاصرتها الذكورة بأمومتها، وانتزعت منها سحرها كإلهة عنوة، وألقتها إلى الحياة كتلة من لحم مُشتهى، وتدوير دورها كأمّ، وجارية، وخادمة، وعاهرة؛ أو قل عبدة، وهو ربّها الأعلى.

قراره لا يزال غائماً. روحه ليست قائمة كشجرة تمدّ جذورها في التراب. روحه طير، لا تزال أجنحته غضّة، وريشه يغلب عليه الزغب، والفضاء مليء بالجوارح. الفضاء ملك للريح. للرعد. للبرق، ولكلّ من يستطيع أن يقف في نقطة يختارها، حين تغضب الطبيعة.

قراره لا يزال غائماً. يشدّه المقدّس حيناً، وحيناً الصوفيّ، أو الأسطوريّ، ولماماً يرى بالواقعيّ ضالّته. تعود

برقيات المواعظ، التي كان يرسلها كهنة الكنيسة لتدور في رأسه كعنفة. لا يزال ما هو غامض يحاول أن يفصله عن اليقين، الذي يراه بوجه راهبة تحبّ الحياة.

كان أبو زهرة، الأكثر تفهّما لحال زاهر، فطلب منه أن يتريّث في مغادرة القرية حتى يوم آخر، لعلّه يتراجع عمّا يفكّر فيه. همّه أن يزوّج ابنته، ويسترها، على عكس تفكير أمّها، التي تريد لها زوجاً مستقرّاً، ويُفضّل أن يكون من قريتها، وفي بحبوحة من العيش، ذلك بعد أن نفضت يدها من زاهر. وافق زاهر على أن يبيت ليلته في هذه القرية، ويغادرها عند شروق شمس الغد، لأنّه سيذهب إلى كفر الصفا سيراً على الأقدام، لعدم وجود دابّة تقلّه. يبيت تلك الليلة في الدار القديمة.

يقضي ليلته من دون تبادل أيّة كلمة مع البهبهان، الذي بدا مكتئباً.

فجراً، يحمل حاجياته. يقفل البابين الداخلي، والخارجي. يقصد منزل أبي زهرة حاملاً حاجياته على الكتف، والقفص بيسراه، وما إن طرق الباب الخارجي حتى أجابه من الداخل مرحّباً، ومبدياً أسفه على رحيله من القرية. خرجت أمّ زهرة تفرك عينيها من أثر النوم. تمنّت له الحياة السعيدة. تمنّت له أن يجد العمل

الذي ينسجم معه، وأن يحظى بأناس يعطفون عليه، يحبّهم، ويحبّونه. لم تظهر زهرة، وهذا ما كان يتوقّعه كعادته، كان البهبهان يردّد ما قيل في كلمات الوداع.

يقطع زاهر المسافة من الطريق، التي تربط القرية بالطريق العام، وهو يفكّر فيمن يفرّج عنه الكرب، الذي هو فيه.

يرى رجلاً قادماً من بعيد. يتوقّف حتى أصبح قريباً منه. رجّح أن يكون رجل دين من هيئته. عمامة صفراء. لحية كثّة. يرتدي جبّة بيضاء، تحتها جلاّبية بيضاء. ينتبه إلى أنّ مداسه لم يكن بجدّة ثيابه.

بعد تبادل التحيّة الصباحيّة تعارفا. عرف أنّ الرجل شيخ دين من القرية، التي تلي القرية التي غادرها، وهو في طريقه إلى أحد معارفه لشراء دابّة. بدأ هذا الشيخ بالأسئلة التي لا تنتهي، لمعرفة كلّ شيء عن زاهر، الذي كان في المقابل يحاول التملّص منه، ومن أسئلته. قال له زاهر بأنّه يتيم الأبوين، وتربّى في كنيسة، وعمل في معمل حرير، كأوّل عمل يقوم به. يقاطعه الشيخ، ويسأله لماذا ترك هذا العمل، وماذا سيعمل بعده، وأين، وعند من، وماذا يحبّ أن يكون دينهم، ولماذا؟! وسأله مستدركاً عمّا إذا كانت الكنيسة قد أثّرت على معتقده الذي ورثه عن أهله!

يلجأ زاهر إلى المراوغة في البداية، ولم يجد بدّاً من أخذ الأمور بجديّة، مع هذا الشيخ. يسترسل في إجابته:

ـ أنا يا شيخ، لم أزل غرّاً. المهمّ الآن أن أعمل، حتّى لا أكون عالّة على أحد، ولن أعض اليد التي انتشلتني من اليتم. أمّا الدين فهو عندي كمشوار هذه الطريق معك. أمان. طمأنينة، لا أحد يهين، أو يستغل الآخر، أو يعتدي عليه. أن نقطع الطريق بمحبّة، واحترام. أحترمك، وتتفهّمني لأنّك أكبر منّي سنّاً، وتعطف عليّ لأنّي أصغر منك سنّاً. أمّا ماذا سأعمل، وأين، أترك ذلك لما أواجهه من ظروف. أعمل أيّ عمل شريف، ولو كان تعزيل الروث من زريبة ماعز، وبالتأكيد لن أسأل عن معتقد من سأعمل لديهم، لأنني سأقوم بواجبي على أكمل وجه.

كان الشيخ يصغي إليه، ولا يروق له هذا الجواب، الذي ابتعد كثيراً عمّا يتوخّاه منه. قال لزاهر: أفهم منك أنّك لا تؤدّي شروط العبادة. وأنّ الله والأنبياء آخر ما تفكّر فيه. الكلام معك خسارة!

يلوذ زاهر بالصمت. يسود الصمت بينهما إلى أن افترق الشيخ عن زاهر، عند مزرعة قريبة من الطريق العام، ليتابع زاهر سيره، ويلتقي برجل خمسينيّ آخر، يتابع الطريق معه حتى كفر الصفا. كان هذا

الرجل بسيطاً، لحيته خفيفة دون تشذيب. يطغى لونها الأساس، على الشيب. لباسه بسيط. جبّة سوداء. تحتها جلاّبيّة بيضاء. متواضع جدّاً. لم ينظر إلى زاهر، إلاّ كرفيق طريق صامت لا يتكلّم. أحسستُ أنّه ينظر إليّ بعين مؤمن، وأراه كمؤمن، وفقيه، وعالم في العلم. أريح نفسي من عناء الاستبصار. أغمض عينيّ. أتخيّل المكان الذي أقصده. أتخيّل الأماكن البعيدة. أتخيّل هذا الكون. أنظر إلى وجه الرجل خلسة بين وقت قصير وآخر

كان زاهر ينتظر منه أن يروي حكاية، أو موعظة، أو أيّ شيء يخطر على باله، حتى لا يسيرا، وكأنّهما يسيران في جنازة. نظر نحو زاهر، وقال له:

ـ حتى الآن لم نتعرّف أنا، ورفيق دربي هذا الشاب (ووضع يده على كتف زاهر بودّ. ينظر إليه زاهر مبتسمًا):

ـ أنا زاهر المندي. من منطقة الجبل.

ـ أنا عليّ المحمّد من البقاع، وأقيم في هذه المنطقة

يعرف الرجل مسار زاهر، ويعرف أنّه يقصد كفر الصفا ليعمل فيها، أيّ عمل يراه مناسباً. يعطيه اسم صديق له من البلدة، ويحمّله السلام إليه، وطلب منه أن يشرح له ما يريد، ويقول له: أنا ضيفك الليلة.

وبما أن لا حال يدوم، يفترق الرجل عنه، ويتابع زاهر طريقه إلى هدفه. يشعر بالجوع. يرى على يمين الطريق فسحة معشبة، يتّجه نحوها. يضع القفص جانباً، ويفتح بابه. يخرج، ويطير، ويحطّ على شجيرة بلّوط قريبة. يفرد زاهر الزوّادة التي صرّتها له أمّ زهرة، يجد فيها عدا الخبز، زيتوناً، وقطعة جبن، ومربّى تين، وبيضتي دجاج مسلوقتين، وقليلاً من الملح. يضع بعض طعامه للبهبهان، ويناديه: تعال كُلْ يا كويكر. يستجيب للنداء. يرفرف ويحطّ عند طعامه. راح زاهر يأكل، ويناغيه، ويذكّره بأسماء يخطئ بلفظها.

اكتفى بأن أكل البيض قبل أن يفسد، وتابع طريقه، ليجتاز قرية، لم يلتق بأحد، ليسأله عن اسمها. لفت نظره في جهتها الجنوبيّة، كنيسة، ومسجد. ونال منه العجب أكثر. ما لم ينسه أبداً حسبما أفضى بذلك فيما بعد لبعض معارفه، أن جرس الكنيسة، وصوت المؤذّن كانا يصدحان معاً، في سماء القرية، كأنّما يتنافسان في سباق للوصول إلى أعالي السماء، و آخر الأرض.

**

11

تسرق زاهر التداعيات، ليستغرق في تاريخ دمويّ حدث في المنطقة عام 1860 ميلاديّة، ولم يكن للناس البسطاء أيّة يد، في لعبة شيطانيّة يلعبها الكبار دائماً، من أجل مصالحهم، التي تنتهي عندما تُستكمل صفقاتها، يعود الصفاء بين الناس، تعود أعذب المياه إلى جريانها فيما بينهم، حتى تحين ساعة الغفلة، التي لا يتوقّعون متى ستقع واقعتها، لأنّهم لا يلعبون في ملاعب الكبار. لا يعرفون متى تبدأ اللعبة لديهم، ومتى تنتهي.

يرى عند نهاية القرية. أطفال يلعبون في ساحة يستعملها الناس بيدراً في الصيف، ويستخدمها الفتيان والأطفال لألعابهم، في بقيّة الفصول.

يصل بلدة الفضّة كما يسميها التاريخ، وربّة الحكمة كما يسمّيها الفلاسفة، والتي هي كفر الصفا التراثيّة. يصل مع الغروب مُرهقاً. نال التعب منه مداه. يرى امرأة تدخل بوّابة منزلها. يسألها عن منزل أبي جورج

تدلّه عليه، وهي تنظر إليه بارتياب، ثم تسأله قبل أن يتابع السير:

ـ ماذا تريد منه؟

ـ أنا مرسل إليه من قبل صديق!

ـ ولماذا أرسلك إليه ذلك الصديق؟

يستغرب أسئلتها المبنيّة على الشكوك. يسألها بعد أن بلغ ضيقه منها أشدّه:

ـ أنا سأسألك هذه المرّة، حان دوري. لماذا أسئلتك هذه لي؟

ـ أريد أن أعرف؛ لأن أبا جورج أنطون قريبنا، وهو الليلة في قرية الدير، بمناسبة وفاة أحد أصدقائه. لهذا أسألك. رأيتك غريباً عن المنطقة، وأحبّ أن نستضيفك، إذا لم يكن هناك من ستنزل عليه ضيفاً..؟!

ـ أرى أن أقضي ليلتي في الكنيسة، وغداً أتابع ما جئت من أجله.

ـ كما ترى!

ليلاً، كان زاهر ينتظر من كويكر أن يبوح ببعض الأسرار، التي يحتفظ بها؛ لكنّه آثر الصمت، حتّى لكأنّه في حالة إضراب، فلم يردّد أيّة كلمة يقولها زاهر له، ولو من

باب استفزازه، وظلّ السبب مجهولاً بالنسبة إليه.

يبغي زاهر أن يشقّ طريقه دون مساعدة أحد.

صباحاً يقصد مختار البلدة. يستقبله. يتعرّف إليه. يقول له زاهر، إنّه بحاجة ليعمل، ويفضّل العمل في أيّ مجال زراعيّ، ويوحي له أنّ لا خبرة لديه بالزراعة. يجيبه بأنّ مثل هذا العمل، يحتاج إلى خبرة، عدا عن أنّه عمل شاقّ، والمزارعون لديهم كفاية. وضعه المختار أمام خيارين: بين أن يعمل في معمل حرير، أو في تربية شرانق دود القزّ، في كرم توت. لم يجد بدّاً من أن يقبل العمل في كرم توت؛ إذ كان ظنّه، أن عمله سيكون في خلاقين خنق الشرانق، لو وافق على العمل في معمل حرير، ولم يطق هذا العمل، بل كرهه بشدّة.

حضر بعد قليل ناطور البلدة. طلب منه أن يصطحب زاهراً إلى منزل أبي إبراهيم، ليعمل لديه في الكرم. دنا منه، وهمس في أذنه، قل له، ربّما كان دون فطور. لا تنسَ!

يحمل الناطور صرّة زاهر، الذي ظلّ حاملاً قفص البهبهان، ويستعدّان للمسير. يسيران في حارة قديمة، يغلب على أبنيتها الطابع الأثريّ. يدهشه البناء. تصفو نفسه. هنا، لاح له أنّه سيكون في حضرة أناس لهم جذور عميقة ضاربة في المكان. سيكون التعامل معهم، لا ينطوي

على غلّ في الصدور، حيال أصل، وفصل الشخص، الذي يتعاملون معه. يقرع جرس الكنيسة، وهما في الطريق إلى منزل أبي إبراهيم. يلتقيان به قاصداً الكنيسة. يستوقفه الناطور، ويبلغه بشأن زاهر، ويهمس في أذنه توصية المختار بشأن إفطار زاهر.

يرحّب به. يعود الرجل أدراجه، ويعود بصحبة زاهر إلى منزله. يتأمّله زاهر، وهما يسيران. وجه قاسٍ على بشاشة إنسان ودود. قبّعة رماديّة، رفرافها الأماميّ محنيّ إلى الأسفل قليلاً. توحي أنّها للمناسبات فقط. عيناه كأنّما تغسلهما دموع خفيّة، تنعمان ببريق دائم. محنيّ الظهر قليلاً، بسبب تقدّمه في السنّ، الذي يشارف الكهولة، والتعب في الحقول. يرتدي شروالاً أسود، كزيّ عُرف به أهل المنطقة، وقميصاً فاقع البياض، فوقه جاكيت أسود يبدو قديماً.

ـ يا أمّ إبراهيم.. (ينادي أبو إبراهيم زوجته بصوت عالٍ، فيما كانا يدخلان من بوّابة المنزل المفتوحة).

ـ أي. أي.. (تردّ عليه من غرفة في الداخل، وتخرج، كأنّما عرفت أنه يصطحب ضيفاً معه كعادته).

ـ قبل كلّ شيء. هذا الشابّ الجميل، سيفطر من بين يديك. هاتي ما عندك؟!

ــ ادخلا غرفة المضيف، ولن أتأخر عليكما!

يسأل زاهراً عمّا قاده إلى هذه البلدة. يخبره عن يتمه، وتعلّمه في الكنيسة، وعمله في معمل حرير كموقد للنار تحت الخلاقين، لخنق شرانق الحرير. (تلك الأسطوانة التي حُكم على زاهر بترديدها) يجيبه أنّ الحياة تحتاج إلى الصبر، وبأنّه لا يزال في مقتبل العمر، ويهون عليه تحمّل الصعاب، لأنّها مدرسة تجارب مفيدة جدّاً له في القادم من الأيّام.

تحضر أمّ إبراهيم الفطور. ترحّب بزاهر. كان الفطور عبارة عن بيض مقليّ. جبن. زيتون، بالإضافة إلى خبز تنّور، ومربّى تين. تجلس قبالتهما على كرسيّ خشبيّ صغير. تصغي، وتتأمّل هذا الشابّ، الذي كان بالنسبة إليها، كنعمة من السماء، بعد فقدانها لولد وحيد لها من جيله، في البرازيل. سألت زاهراً، إن كانت له خبرة في زراعة بذور الشرانق، وتربيتها، سألته عن أهله، وعمّا ساقه إليهم. كان زاهر يجيبها صادقاً بكلّ كلمة يقولها. قال له زوجها: عندنا من يعلّمك. يعمل لدينا في كرم التوت، عامل، وزوجته. لديهما خبرة جيّدة، في مجالات الحرير. الآن دع حاجياتك، وطيرك هنا. أمّ إبراهيم ستعدّ لك الغرفة، التي ستكون تحت تصرّفك. أنا، وأنت سنذهب إلى كرم التوت.

***

ليست كلّ الطرقات لنا

وليست كلّها سالكة

أنت في قفص صغير

ولا أحد يرى القفص الذي أنا فيه..

إنّه وسع الكون يا كويكر!

12

في كرم التوت، نعّوم، وزوجته، هما من يعملان في تربية الشرانق. ينتبهان إليهما. كان أبو إبراهيم يشرح له، من أين جلب غراس التوت، وما نوعيتها. كان مغرماً بالتفاصيل كثيراً، حتى ليكاد ينسى الموضوع، الذي يتحدّث به، لأنّه سرعان ما انتقل إلى مراحل زراعة بذور دودة القزّ، ليعود إلى بلد منشأ هذه البذور، وينتقل إلى أهميّة العناية الدقيقة بها، وإلى تغذيتها، وكم تستهلك من ورق التوت الغضّ. يتوقّفان أمام الشجرة، التي يقطف نعّوم وزوجته من أوراقها. بعد إلقاء التحيّة عليهما. يقول أبو إبراهيم لهما:

ـ الشابّ زاهر (وهو يشير إليه) سيساعدكما في عملكما. لكن عليكما تعليمه أوّلاً. يبدو عليه أنّه شابّ خلوق. ذكيّ. نشيط. سأدعه هنا. انتبها إليه. حين تغادران، يغادر هو الآخر (يلتفت إلى زاهر):

نحن ننتظرك في المنزل. لن نتناول الطعام حتى تحضر. (يغادر أبو إبراهيم المكان، ويعود إلى المنزل).

بعد عمل لأكثر من ساعتين من الزمن، يجلس نعّوم كي يستريح. تلحق به زوجته. يبتعد عنهما زاهر، ليجلس في ظلّ شجرة توت معمّرة. يناديه نعّوم، ليجلس معهما. يستجيب زاهر له. يحدّثه نعّوم عن الظروف، التي دفعته للعمل في تربية دود القز، وكيف أنّ ذلك يتمّ تسديداً لدين قديم على المرحوم والده، لأبي إبراهيم، ولذلك فهو مُجبر أن يعمل بشكل موسميّ لديه، وليس بشكل دائم

كان واضحاً في قوله؛ ربّما ليبدّد غمّاً يطبق على صدره. استرسل أكثر. قال لزاهر، إنّ والده، استدان مبلغاً بالفائدة، من أبي إبراهيم، وسافر في البابور البحريّ إلى الأرجنتين، وأنا رضيع، ليهرب من الخدمة، في الجيش الإنكشاري. ورهن له دارنا، وأرضنا مقابل المبلغ. نأمل أن نفي ما علينا من دين، لأبي إبراهيم. إن شاء الله سأغرس أرضي بالتفّاح، في موعد الغرس القادم. كنت أفكّر في غرس التوت، رأيت أنّ العمل في الحرير، عرضة للخسارة أحياناً. (بعد لحظات من الصمت، وزاهر ينتظر ما سيقوله بعد، وزوجته بدت متضايقة منه، ربّما لأنّها كانت قد سمعت هذا الشريط المملّ من زوجها أكثر من مرّة) يسترسل:

بذور الدودة من مكان. والفحم ــ بعد أن تعرّت الكثير من الغابات، بسبب القطع الجائر لأشجارها، حتى وصل الأمر لقطع شجر الأرز، الذي هو شرف هذه الأرض ــ صار التجّار يستوردونه، لأصحاب المعامل، من مرسيليا، وألمانيا، وإنكلترا. أعتقد أنّ التحكّم بتأمين الوقود، لن يُبقي شجرة على هذه الأرض، نستظلّ بظلّها، أو ستصبح تربية دود الحرير على كفّ عفريت.

أرى أن يلجأ البلد إلى زراعات غير التوت، ولو إلى زراعة الشعير.

كان زاهر يصغي إليه، ولم يرغب بسؤاله عن شيء، بعد أن لمس أنّه سيفرغ جرابه المليء بالحزن، والحكايات، والأمل فيما بعد.

حان وقت انتهاء العمل، والانصراف ذاك النهار.

يقصد زاهر منزل أبي إبراهيم، ليجده بانتظاره. يسأله على الفور عن مدى انسجامه في عمله هذا. يجيبه بالإيجاب، إذ لا بديل عنه في هذا الشوط من رحلة الحياة.

تناول زاهر الطعام مع مضيفه الجديد، وزوجته. كان الطعام أقراص كبّة مقليّة، وشوربة خضار، وسلطة من خضار مزروعة في حديقة المنزل.

شربوا الشاي بعد الغداء، واصطحبه أبو زاهر إلى الغرفة التي خُصّصت له.

غرفة صغيرة، لها نافذة واحدة تطلّ على دار الجوار، وخزانة صغيرة في الجدار لها باب خشبيّ. وجد أنّ ما عليها من كتب، كان مرتّباً فيها حسب أحجامها، وهي بالأصل لا تزيد عن أصابع اليد، وصورة عتّقتها الرطوبة، لفتاة ملصقة بصمغ على الأرجح. تبدو الصورة أنّها من مجلّة فرنسيّة. مقعد بعرض ذراع على طول الجدار، الذي يقابل الباب، مفروش بقماش كتّانيّ سميك ملوّن بأكثر من لون، يغلب عليه اللون البنيّ. وفراش لشخص واحد. ولحاف سميك، مغطّى بالأبيض. كان كلّ شيء نظيفاً في الغرفة.

حضرت أمّ إبراهيم. سألته إن كانت الغرفة قد أعجبته، وأبدت إعجابها حين رأته يتصفّح أحد الكتب، بأنّه يحبّ الكتب. أوصته بأن يضع الكتاب المقدّس عند رأسه حين يلجأ إلى النوم ليحرسه، ويهدّئ باله، ويبعد عنه أولاد الحرام. أخذته إلى المطبخ، ودلّته على بابور الكاز. الملاعق. الصحون. النمليّة. إبريق، وأكواب الشاي، وكلّ شيء آخر فيه. قالت له في النهاية:

اعتبر البيت بيتك. لك منه ما تشاء. (بينما كان زاهر يفكّر في الطريقة التي يصارح بها أبا إبراهيم، ليعرف كم

سيكون أجره. رأى أخيراً أن ينتظر المبادرة منه، أو حتى من زوجته). غادرت أمّ إبراهيم الغرفة، إلى غرفة يتمدّد زوجها فيها على أريكة تعوّد أن يستريح عليها دائماً. وقفت قبالته لتخبره أن الشابّ زاهر عجيب أمره. لا يطلب شيئاً. لا يتحدّث بشيء. له فم يأكل، لا فم يتكلّم. يقاطعها، ويقول رأيه هو الآخر:

ـ يبدو أنّ لديه عقدة اليتم، أو عقد أخرى، أو هو من طبعه لا يحبّ الكلام بما لا يعنيه. إنّه مؤدّب زيادة عن اللزوم. (يصمت قليلاً). أو هو عاشق.

كما لم أسمعه يلاعب بهبهانه. أنا مررت بهذه التجربة، حين رأيتكِ أوّل مرّة، في بيت خالتك، ولم أستطع أن أراكِ وحدكِ، لأبوح لكِ بما أضمره لكِ من حبّ. أصابني ما قد يكون قد أصاب الشابّ زاهر، وأكثر. تقاطعه زوجته، لتعرب له أنّها لم تكن تحبّه، لهذا السبب. النساء لا يرضيهنّ الشابّ الخجول. الجريء هو الذي يفوز بقلوبهنّ. لا يعجبه كلامها. يقول لها بتشفٍّ، المهمّ أنّه كان الوحيد، الذي استطاع ترويضها. ثم يحسم أمره بأن يحاول معرفة سرّ صمت الشابّ زاهر، ويخبرها النتيجة.

شعر زاهر بضيق في غرفته حين أغلق بابها ليأخذ قيلولة، ينهض بعدها، ليطالع بأيّ كتاب يخطر في باله أن

يقرأ به. يتّجه إلى النافذة المغلقة، ويفتح إحدى درفتيها. يقع نظره على فتاة تنشر غسيلاً، على السطح المقابل له. شعرها يرقص مع الهواء، وهي تحاول أن تثبّت الشرشف الأبيض على حبل الغسيل، والهواء القويّ يمنعها.

حلّت منديلاً ملوّناً يغلب عليه اللون الأحمر عن رقبتها، وعصبت به رأسها تثبيتاً لشعرها. استقر الشرشف. انحنت فوق طشت، وتناولت آخر. كان قميصها مقطوع الزر العلويّ، ربّما، فشاهد نهديها من فتحة قميصها الأسود تحت الرقبة. بياضهما الحليبيّ أغراه لأن يستغرق بالنظر إليهما. يتوهّج المشهد، حين تدور حول الطرف الآخر، من حبل الغسيل. تنحني لتتناول قطعة كي تنشرها على الحبل. يرى ساقيها كما الحور ينبت فجأة على السطح، يتنقّل، أو يميل، أو يتحرّك. يقول في داخله:

ـ لا يا زاهر. كأنّك لست أنت! قف عند هذا الحدّ. التفتت الفتاة نحوه، فيما كان يرفع يده ليغلق النافذة. رآها من خلف البلّور، ما تزال تنظر باتجاهه. تمنى لو يكون للنافذة ستارة، حتى لا يخذله المشهد.

قال في سرّه: (لولا الهوى ما هوى من هوى) طيور الغفلة في كلّ مكان. لم يقلها ابن عربي عبثاً. ليس أقسى

على المرء أن يقع في الغفلة، فيفرّ من الريح، ليقع في الحريق. يتذكّر ماريّا، التي تركها لقدرها.

يتساءل: هل ستعيش حياتها، أم أنّها ستستسلم لما هو خارج إرادتها؟ يلوم نفسه أنّه يحمل همّها، ولا يربطه بها أيّ شيء، سوى أنهما عاشا لفترة معاً، كما عاش مع أختها تيريز، ومع والديها. أيكون التعلّق بالآخر سرّاً، لمّا يُكتشف بعد؟! أو يكون فرضاً على البشر، كما فُرضت عليهم أسماؤهم، وأديانهم، وآباؤهم، وأمهّاتهم، ومحبّتهم لأماكن معيّنة، قد لا تكون الأماكن التي ولدوا فيها..؟ (يتساءل في سرّه).

لا إجابات جاهزة لديه. يتناول الكتاب المقدّس من خزانة الحائط. تعوّد منذ اليوم الأوّل، الذي دخل فيه الكنيسة، ألاّ يلامس هذا الكتاب إلاّ بخشوع تامّ. يشعر أنّ المخلّص يبتسم له، حين يلمسه، وحين يفتحه. كان يقارن بين شعوره هذا من قبل، وشعوره الآن، وهو يلمسه، أو يلمس أو يفتح كتاباً آخر. كانت لدى زاهر قناعة تامّة، أنّه ليس مؤهّلاً ليطلق على نفسه، الأحكام، أو يتّخذ القرارات، قبل أن تنضجه التجارب. لا تزال كلمات الكاهن ترنّ في رأسه:

"كيف للريح أن تعرف الورق من الحجارة؟" أنت كما الورق يا زاهر!

"أن تتعجّل السير في أرض وعرة، قد تتعثّر".

"كم من براهين تحتاج إلى حقائق ماثلة لتصديقها".

"أيّ كتاب تحبّه، قد لا تنسجم مع كلّ ما جاء فيه"!

يرى زاهر أيضاً ما لم يقله له الكاهن. يرى أنّه قد يحبّ شخصاً ما، مع أنّه لم يكن منسجماً مع كلّ ما يحمل من صفات. تعود ذاكرته إلى ماريّا. يرى أنّ كلّ ما فيها من صفات، يروق له، وأشدّ ما تملّكه منها هي أنّها أهدته منديلها، دون أن يكون بينهما أيّة علاقة مميّزة. يبرّر ذلك بأنّ هديّتها، لتكون رباطاً ما بينهما. هل كان الأمر من عقلها، أم من قلبها؟ في كلا الحالين، ربّما تكون قد انتهت رحلة الطريق، عند هدف قريب، ولن يكون للحياة معنى. يتنهّد، ويخرج اسم ماريّا من ثغره طويلاً طويلاً.

يردّد البهبهان اسم ماريّا مسبوقاً بتنهيدة طويلة!

يضع زاهر الكتاب المقدّس جانباً، ويتناول كتاباً عن الأساطير. يتصفّحه. يتوقّف عند أسطورة فرجيل. يقرأ ماذا حلّ بإينياس بطل الملحمة. يشعر بملل، وضيق. يضع الكتاب جانباً. يتغطّى باللحاف. يجافيه النوم. أفكار

مختلفة تراوده. كلّها كانت مشوّشة، تعبّر عن وضعه النفسيّ غير المستقر

حاول أن يطرد من رأسه أكثر من مرّة، ذكريات تتعلّق بطفولته الأولى، وصوراً غائمة لتواجده في منزل أهل ماريّا، ولماريّا ذاتها، فلم يفلح؛ فهو لا يريد لها أن تستأثر به، ويعرف في قرارة نفسه، أنّها عالقة به، وتحاول التملّص منه، دون جدوى. أخيراً يغفو بعد أرق لازمه حتى آخر الليل.

ينهض صباحاً على صياح ديكة، يأتيه من منزل فتاة النافذة. يجهّز نفسه ليلحق بنعّوم، إلى كرم التوت. يُفاجأ بأبي إبراهيم يناديه، من خارج الغرفة، ويعطيه زوّادة طعام. شعر بسخونتها. قدّر أن يكون فيها طعاماً ساخناً، ويغادر أبو إبراهيم، بعد أن يوصيه، بالانتباه إلى نفسه.

***

13

بدأ زاهر، وزوجة نعّوم نجاة يقطفان أوراق التوت، من شجرة واحدة. هو يتسلّق الأغصان، ويقطف، ويضع ما يقطف في ما يشبه مخلاة كبيرة، وهي تقطف من الأغصان السفلى، والمتدلّية من الأعلى، وتضعها على كيس خام، كانت قد فرشته تحت الشجرة. كانت أنظار زاهر تتابع أيّة ورقة توت، تفلت من يده، وتسقط إلى الأرض

لفت نظره، وهو ينظر إلى الأسفل، تصرّف غير عاديّ من نجاة. كانت تنظر إليه بشغف. بعد فترة، انتبه إلى أنّها حرّرت زرّين في أعلى الصدر من عروتيهما. لاحظ أنّها تختار المكان المناسب لتقف فيه، كي يرى من صدرها، ما يغويه. كما لو كانت تعطيه مفتاح مدينتها. تريده أن يبدأ البوح الذي تنتظره. زاهر ينظر إليها من أعاليه. كانت تسقط منه جواهره تباعاً، مع كلّ نظرة إلى أسفل. يتمنّى أن تنتهي اللعبة، حتى ولو كان خاسراً فيها. لكنّها لم تنتهِ

تخلع الغواية نقابها، وتبدله بحجاب إغراء، لا يحول له لون، ولا يبهت في الشمس، والريح، والمطر. تبدأ نداءات حوّاء السريّة، والبعيدة. صهيل يختنق في فضاء مغلق على إيمان غامض، وملتبس، لا يزال أوّل الإزهار. لمّا يعقد ثمره بعد. على خوف من مجهول، قد يكون كارثة. على حذر من عاقبة، قد تكون طريقاً إلى هاوية.

ـ ليتك تنزل عن الشجرة.. أظنّ أنّك لا تتمنّى ذلك!؟ (قالت لزاهر). (تنظر إليه، وتتمنّى أن تلتقي نظراتهما معاً، لتعرف ردّ فعله).

لم يجب. كان حائراً كيف يتصرّف. قوّتان متضادّتان، تتنافسان عليه، إحداهما على قلبه، والأخرى على عقله. الأولى تحرق كلّ الكتب التي قرأها، وتكتسح كلّ المواعظ، والوصايا التي سمعها، وقناعاته التي يعتزّ بها، والثانية تصعد به إلى أعلى جذع في الشجرة، وتسمّره هناك، وإلى الأبد. تدعوه ثانية أن ينزل؛ ولكن بأسلوب آخر.

تفترش نجاة بقعة نجيليّة غضّة، وتتمدّد. وجهها يقابل الأرض. يرسم جسدها خريطته على العشب. تتقلّب. وجهها إلى الأعلى. تنظر إليه خلسة، تكتشف أنّه يحدّق بها؛ لكنّها لم تستطع قراءة ما تقوله عيناه. تخلع منديل الرأس. تلعب بشعرها الخرّوبيّ، الذي كان مسبلاً، وتبعثره بأصابعها. تنحسر أوّل موجة عن ساقها

اليسرى. تعقبها موجة أخرى على اليمنى. حتى لا يعرف أيّهما الأجمل، في لغات البحر: الجزر، أم المدّ. الموج، أم السكون. بحر نجاة هائج الآن.

أتستطيع، وهي على هذه الحال، أن تجعل مراكبه ترسو على مينائها؟!

زاهر لم ينزل عن الشجرة.

زاهر لا يعرف ما الذي يحدث، حين امرأة تتحدّى، أو تنافس، أو تُجرح، أو تُذل، أو تُهان.

ونجاة، كأيّة امرأة، لها حساباتها، التي تقف عندها دون مواربة، ولا تأخذ واقعاً لرجل بحسبانها، إلاّ من خلالها؛ ربّما كانت نجاة تحفظ درسها جيّداً: "تستطيع أن تجرّ الرجل من شعره إلى الحلبة، حتى ولو كان مخصيّاً، إذا لم يطع أيّة رغبة لها، تخصّ جنّتها. دائماً تحتفظ المرأة بالكثير، من التفّاح الفاسد لتقذفه به".

كاد ينتهي الامتحان. تغلب الأسطورة إلى حين، كلّ ما نسجوه عن آدم وحواء من حكايات؛ ثم لا تريد نجاة أن تنطوي حكاياتها على خذلان.

ترسم خريطة جديدة على العشب. كان للحرير مرساته على البياض الأعلى. البياض الذي يشبهه الثلج، حين تشرق عليه الشمس، بعد عاصفة ليليّة مجنونة

كان الحرير الأبيض، الذي يلبس بياضها، ينحسر إلى أوّل عتمة في الجسد لينيرها.

يقطف زاهر ورقة توت اختارها، من غصن قريب منه، ويلقيها في الهواء المشتعل بنار لا تُرى، على سطوع، أقلّ ما يُقال فيه، إنّه من شموس الطين، الذي تشكلّت منه إناث الأرض. لم يعد للسرّ مكان بين شجر التوت، الذي يتعرّى ليصنع ستراً. لا هواء يلاعب أغصانه، لتبوح بأسرارها. لتقول كيف ترعى شرانق الحرير، تقدّمها على طبق الموت، كي تموت، أبشع ميتة لكائن حيّ. ومن أجل من؟

ينزل زاهر عن الشجرة. يرسم جسده الممتلئ برائحة ورق التوت، على العشب، بما اختزنته عيناه من سحر، ومن أسئلة، ومن حرير، ومن بياض. ومن جسد، تقاطعت عليه رماح الوثنيّة، وسيوف الخارجين من كهوفهم، لتطفئ شموع معابد البغاء المقدّس، وتغلق جنّة، لم تذكرها كتب، ولا تواريخ، ولا دعاة، ولا منجّمون، ولا نبوءات، وتغدو الشجرة، بكلّ جذورها، وكلّ جذوعها، وأغصانها، وأوراقها، خلف ظهره، دون أن يتّخذ قراراً ماذا سيقرأ حين يبسط الليل وشاحه على الكون، من الكتب التي حملها الرفّ على ظهره العتيق، منذ انقطاعه عن القراءة، وعن ماريّا، الفتاة القدّيسة، الصامتة، المغروسة كشجرة زيتون في

عراء روحه، والتي ستعيش آلاف السنين، مادامت الينابيع تتفجّر، من قلب صخور الأرض لتروي الوجود.

تتسمّر نجاة في المكان، وهي تدير ظهرها لزاهر. تنتظر منه أيّة إشارة، أيّ سؤال، أيّ نظرة. أيّ ما يوحي إليها بموقفه منها. يدنو منها. يضع راحة يده على كتفها. لم تلتفت. بدأت رحلة التمنّع.

من لا يجيد قراءة ما تقول العيون، وما خلف الكلام، وما تقوله إشارة، لا يعرف شيئاً! يقول في سرّه:

"فعلاً أنا غرّ. لكنّي لست غشيماً، إلى درجة أنني لا أعرف ما يريده شخص آخر، إذا أوحى لي بشيء".

يلقي نظرة بانوراميّة، على صفّ من أشجار التوت. كان لديه إحساس خفيّ بأنّ الأشجار تصغي إلى دقّات قلبيهما.

لم تطمئن نجاة إلى صمته الغامض، والجارح في آن، بعد أن بات كتفها عارياً من حرارة يده، وبارداً. تترك المكان، وتتمشّى بين الأشجار. يبدو أنّها تحسّ بضيق صدرها. بين الشجر، يستطيع النسيم العليل أن ينعشها.

زاهر، يتمشّى في الجهة المعاكسة، ليروّح عن نفسه. يتأمّل شجر التوت، الذي حملت البشريّة بذوره، قبل آلاف السنين من الصين، إلى أرجاء العالم. يتذكّر ما قرأه

عن رحلة شجرة التوت عبر تاريخها. تنكفئ نجاة، وتتبّع خطوات زاهر، إلى أن تغدو بمحاذاته.

تقول له، كأنّما لم تكن تفكّر في شيء إلاّ العمل:

"علينا أن نقطف مائتي كيلو غرام من الورق تقريباً، لنستكمل المطلوب. عشرون ألف بيضة، من بيوض دود القزّ، تحتاج لنصف طن، من ورق التوت. ذلك ليس بالأمر السهل. عليك أن تطلب من أبي إبراهيم الليلة، أن يأتي بعاملات لمساعدتنا".

يضحك شجر التوت لزاهر، حين يسمع منها هذا الكلام، ويرى أنّها نجاة، التي يأمل أن تكون، على الرغم من النيران التي أشعلتها في كيانه.

يضحك الشجر، أنّه انتصر على مأساة الوجود، كما لم يضحك، حين كانت ورقة التوت عملة نقديّة، في الصين القديمة، ولها شأنها التداولي كما الذهب، وكما عملات دول العالم اليوم.

***

14

كما يفعل البهبهان كويكر، على زاهر أن يتكرّر كالصدى، في القناطر، أو الأودية، وأن يردّد ما ينفعل به، ولا يفعل. يتيم، يكدح. يرتحل، دون طائل. لقد أعاد لشجر التوت، قيمة استثنائيّة، في جعل العقل، يغلب القلب، وورقة التوت تستعيد أيضاً قيمتها، في ستر العورة، كما هو شأن العقل دائماً، في ليّ عنق أيّ شيء يريده، حتى لنفع شخص واحد، ولو كان هذا النفع الشخصيّ، سيلحق الضرر بمجتمع كامل.

لا تبالي شجرة التوت، التي نزل زاهر عنها بإرادته. قالت نجاة لزاهر، وابتسامة صفراويّة ترتسم على وجهها

ـ لن تغفر نجاة لك يا زاهر!

يبادلها ابتسامة توحي لها بانتصاره عليها، وهي ليست كذلك. كانت ابتسامة أُمنية، بألاّ يتكرّر ما حدث.

رغب أن يوضّح لها أكثر. قال لها بصوت شجيّ:

ـ نجاة.. ليتك لم تكوني متزوّجة.

قال ذلك بشكلّ متسرّع، وفجّ، ليعرف ردّ فعلها النهائيّ، ويبني عليه ردّاً مناسباً..!؟

ـ يبدو كلّكم متشابهون. صغاركم، وكباركم. الفخّ الذي تنصبونه للحساسين، غالباً ما يصطاد لكم فأرة، أو عصفورة سياج!

يصغي إليها، ويفكّر في ألغازها. يجيب بعد أن صمت لفترة:

ـ المشكلة، أنّني كشجرة لم تنضج ثمارها. لا أعتقد أنّ أحداً يستسيغ ثماراً فجّة. ما أقصده يا نجاة، أنّ النضج ليس بالعود، بل بالثمر.

هل رأيتِ فلاّحاً يحمل منجله، ويذهب إلى الحقل قبل موسم الحصاد؟!

ـ نحن مع زمن يسيل إلى أمام يا زاهر. لن تظلّ كما أنت. الصبر عندي، كخيط الذهب، يمتد طويلاً.

ـ للقدر حساباته أيضاً يا نجاة. فلنغادر الآن!

مساءً يسهر زاهر، مع أبي إبراهيم، وزوجته، في غرفة المعيشة الخاصّة بهما. يتعثّر زاهر بالإجابة على

العديد من الأسئلة، التي يوجّهها إليه أبو إبراهيم، حول مراحل استخراج الحرير بخاصّة. يوضّحها له، منذ أن يكون هذا الكائن بيضة، فيرقة، فعذراء، ففراشة، وكيف تتمّ تربية هذه المراحل، من تطوّر اليرقة، وكيف يتغيّر جلد اليرقة، وتمتنع عن الغذاء مدّة خمسة أسابيع، وهي المرحلة المهمّة من تطوّرها، إذ تقوم بغزل الشرنقة، وتتطوّر إلى عذراء.

كان أبو إبراهيم يقول لزاهر هذه المعلومات دون توقّف. أنا كنت مثلك يا زاهر. كنت لا أعرف شيئاً عن استخراج الحرير. كانت كلّ معرفتي عنه، كمعرفتي حين كنت مراهقاً، بعالم النساء.

ـ إحم. إحم. (تنطق أمّ ابراهيم بهذه الإحم، لتذكّر زوجها، أنّه لم يكن كما يصف نفسه، بل كان مراهقاً حربوقاً، كما كانت تنعته دائماً!). يقول لها:

مهما كان فهم المراهق بهذا الخصوص، لا بدّ أن يكون غرّاً. قد يعيش الرجل مائة سنة، ويموت، وهو لا يعرف إلاّ اليسير عن النساء.

يسأله أبو إبراهيم أسئلة دقيقة، يستدرجه فيها، ليسلسل تاريخ عائلته، شأن المجتمعات الشرقيّة كلّها. يفهم منه أنّه لا يعرف جذر عائلته الأصليّ تماماً، لكنه

كان قد سمع من جدّه أنّ لعائلته امتداداً لا يزال قائماً، على الأرجح أنّه في الشام؛ لكنّ انعدام التواصل جعل العائلة تتشتّت، وتجهل فروعها.

(يسكت أبو إبراهيم، ويبدو في وضع كمن يفكّر، أو يتذكّر) يقول لزاهر:

خطر في بالي شيء مهمّ، أقلّبه في عقلي؛ فإذا لم يكن خاطئاً، سأفصح لك عنه فيما بعد. الآن يمكنك أن تذهب، إلى غرفتك، كي تستريح، وتنام.

يبدأ العتاب بين أم إبراهيم وزوجها. تبدأ سهرتهما من جديد. تذكّره بالكثير من الوقائع، التي حدثت بينهما، وكانا جريئين، في لقاءاتهما السريّة. كانا يصلان إلى النقطة المحرّمة دائماً. لبّ السهرة لم يكن هكذا. صاحب أكبر معمل حرير في المنطقة يريد رأيه في مسألة لم يجد لها حلاً. هي معرفة بعض الأسرار، التي توصّلت إليها معامل الحرير، في مجالات عديدة. أهمّها خنق الشرانق بطريقة، يكون هدر دود القزّ الذي لا ينسلّ الخيط من شرانقه أقلّ ممّا يُهدر.

قيل لأبي إبراهيم ذات يوم إنّهم في إنطاكية أبرع باستخراج الحرير، حيث لم يخضع دود القزّ هناك لأيّ تهجين. كما أنّ الشرانق، لا تزال تُنقل، وتوضع في خيمة

كبيرة، والنساء يجلسن أرضاً، كي يفرزن الشرانق الجيّدة عن غير الجيّدة.

يعلم أبو إبراهيم من أحد الأصدقاء، أنّ المعامل باتت تخسر، بسبب الطريقة البدائيّة التي يمارسونها، وعدم تطوير مراحل العمل ممّا أدّى إلى جعل الكثير من دود القزّ سماداً للأرض. علم ما هو أكثر من ذلك، أنّ بعض أصحاب المخانق، باعوا مخانقهم خشباً، وخردة. الأنكى من كلّ هذا تحكّم الأغوات بالفلاّحين، فهم يبيعون علب البيوض للفلاّحين، ويسلّفونهم من الأموال، ما يجعلهم تحت رحمتهم، ليعود ما ينتجونه في النهاية إليهم.

أبو إبراهيم، ليس أقلّ شأناً في فهم اللعبة من الأغوات، وسواهم. يعرف جيّداً من أين تؤكل الكتف. يبوح لزوجته أنّه سيغامر، ويشتري أحد المعامل، وما يتبعها من مخانق مستغلاًّ الخسارات، التي غدت كالسيل الجارف. لا شكّ أن السعر سيكون زهيداً. ممّا قاله لها أيضاً، إنّه يفكّر في القيام برحلة إلى السويدية لسرقة أسرار المهنة.

قالت له زوجته ساخرة:

ـ أحلامك أكبر منك. انظر إلى صورتك في المرآة. أترى أنّك تصلح للمغامرات، أو للعب دور الشباب، والسفر

الشاقّ. أتظنّ أنّ السفر إلى ذلك البلد ضربة حجر؟! لا يا حبيبي. انزع ذلك من رأسك. وضع صاحب المعمل ثقته بك، ليرى كيف يخرج من محنته. عليك أن تقفمعه، وتساعده.

يلوم أبو إبراهيم زوجته، على ردّها القاسي. يطمئنها أنّه سيعدّل رأيه، ويفكّر في إرسال زاهر إلى العمل في معامل أنطاكية لمدّة معلومة، ويستفيد من خبرته حين يعود. أمّا الذين أرادوا معرفة رأيه، فسيقول لهم إنّ خبرته في هذا المجال محدودة، وقد يعطي رأياً يلحق الضرر بهم، لذا سيعتذر لهم.

كان زاهر بعد عودته إلى غرفته قد وهب البهبهان سرّاً جديداً؛ ربّما كان من أهمّ الأسرار التي اختزنتها ذاكرة هذا الطائر العجيب. الطائر الذي لا يجيد الكذب، ولا النفاق. كانت خطيئة زاهر لا تغتفر!

أُفلت منه للبهبهان، وهو يلاعبه، ويناغيه اسم نجاة مقروناً بما قدّمته له من إغراءات، وأضاف بعض البهارات. وجد البهبهان فرصة له بعد الصمت الذي تلبّسه ألاّ يدع ملاك النوم يقترب من زاهر. كان يخفق بجناحيه بقوّة، وبشكل مزعج، ويردّد صراخاً:

"نجاة!".

أنا أحبّ نجاة ياكويكر.

يا ليت نجاة معنا ياكويكر.

لو رأيت نهديها يا كويكر. بياض مثل الثلج.

يا ريت تتركني أنام.

وتشرق الشمس، والبهبهان لا يملّ من مقاهرة زاهر

ينهض أبو إبراهيم مبكراً. يقصد غرفة زاهر قبل أن
يغادر إلى كرم التوت. يراه متأهّباً للخروج. لم يستغرب
زاهر هذا المجيء المبكر منه. لا بدّ من شيء يريده منه.
يقول لزاهر إنّه سيتمشّى قليلاً معه. المشي الصباحيّ مفيد
للصحّة. لم يقتنع زاهر بما قاله هذا الرجل. كان حدسه على
درجة عالية من الظنّ. فتح نافذة الكلام، على ندمه أنّه لم
تكن له هواية الأسفار، التي يرى فيها المرء عوالم جديدة،
ووجوه جديدة، ويتكسّب خبرات من عقول جديدة، في
الوقت الذي لا يزال زاهر مشغّلاً ماكينة حدسه. قال في
داخله: (خلف هذه المقدّمة ـ لا شكّ ـ إغراءات ما).
كان أبو إبراهيم، يختلس النظر إليه، ليرى التعبير الذي
يرتسم على وجهه، مع كلّ كلمة يقولها له. زاهر يكتفي
بأن يهزّ رأسه إعجاباً بما يقول. يبقّ أبو إبراهيم البحصة

أخيراً، وكان قد قطع مسافة لا بأس بها من الطريق، الذي يخترق بيوت البلدة:

ـ أنت الأقرب إلى قلبي يا زاهر، من كلّ من رأيت في حياتي من جيلك. أنت ابن أصل. اعتبرتك كولدي، من اللحظة التي دخلت فيها بيتي. (لم يتلجلج، أو يتعثر، في الكلام. ظلّ مسترسلاً، وزاهر يصغي إليه) وأمّ إبراهيم يا زاهر، مثلي تعتبرك كولدها، فكّرنا في أن نشقّ لك دروباً جديدة، حتى لا تعيش، كما عشنا، في حالة سكون. السكون قاتل يا زاهر. كم كنت أحلم أن أسافر إلى جزر بعيدة، وبلاد بعيدة؛ لكن لم يقيّض الدهر لي رجلاً يساعدني، على تحقيق هذا الحلم. سأموت والغصّة في صدري. نفكّر أن تسافر على حسابي، إلى بلد تتعلّم فيه خبرات جديدة، من معامل حرير متقدّمة. كثيرون تقدّموا أكثر منّا، لأنّهم طوّروا عملهم. هنا بدأ الفلاّحون يجتثّون شجر التوت، ويزرعون أيّ شيء، حتى ولو زرعوا الشعير، لأنّ الشرانق باتت تحمّلهم خسائر كبيرة. أصحاب المعامل أيضاً، يبيعون أدواتهم خردة، مع أنّ دولاً كثيرة في العالم تربح بالحرير، إلاّ نحن. سأشتري لك معملاً من المعامل المعروضة للبيع، بكامل عدّته، وبما يتبعه من خلاقين، وخيمة، ومستودع. لن أُقلع بالعمل فيه، حتى تكتسب خبرات جديدة، عن كلّ شيء يتعلّق

باستخراج الحرير، وصناعته إذا تسنّى لك ذلك. أمامك مدينة السويديّة. فيها كلّ خبرات الحرير.سأعطيك مبلغاً من المال، وبعض الليرات الذهبيّة. ذلك يساعدك على العيش، ريثما تبدأ العمل. أفضّل أن تبدأ العمل في مخانق الشرانق هناك. أنت لديك خبرة بذلك، إلاّ إذا كانت هناك أساليب أخرى لخنقها.

ما إن سمع هذه العبارة منه حول المخانق، والخنق، حتى جفل كمهر غرّ، في الخطوة الأولى لترويضه. يتذكّر معاناة دود القزّ، وهي تُسلق في بخار الخلاقين، ومائها المغليّ. هذه الكائنات الضعيفة، التي لا تستطيع المقاومة، ولا الدفاع عن نفسها، ولا الفرار من موت محتّم. يقول لأبي إبراهيم: ليتك تبحث عن غيري لهذه المهمّة. أنا كنت سأقترح عليك اقتلاع شجر التوت، وغرس التفّاح بدلاً عنه، لأنّ كلّ المشتغلين بالحرير يخسرون!؟

لأوّل مرةّ يخالف أبا إبراهيم شخص، في المنطقة كلّها، حتى الجندرمة، كانت تطيعه الطاعة العمياء، وتنفّذ أوامره دون نقاش. يضع قراره موضع التنفيذ في اللحظة ذاتها:

ـ ستذهب يا زاهر، ورجلك فوق رقبتك.. أتفهم!؟ (كانت هذه الكلمات كالصاعقة على زاهر). تابع الآن

طريقك إلى كرم التوت. فكّر فيما قلته لك، قبل أن تندم!
يتابع زاهر طريقه، وصورة رجل كان قبل قليل يكذب
عليه، ويعتبره كولده، تطارده. يشعر أنّه كذبابة عالقة
في شبكة عنكبوت. تمالك أعصابه، وراح يفكّر في الخلاص

***

15

يصل زاهر كرم التوت، ويجد نجاة وحدها، دون زوجها نعّوم، وكانت قد سبقته.

ـ مرحباً!

ـ أهلاً زاهر. (تردّ عليه تحيّة الصباح، وابتسامة تودّد ترتسم على وجهها، كأنّ شيئاً لم يكن).

يسألها عن زوجها نعّوم. تجيبه دون مواربة، أو كذب هذه المرّة، بأنّ نعّوم سافر إلى الشام، ليشتغل بعد أن أمّن له أحد أصدقائه عملاً في خان. سنلعب بالقرش يا زاهر، بعد هذه المحنة التي نحن فيها. لا نرى العملة، إلاّ في يد الآخرين، وما تبقى علينا لأبي إبراهيم، سنسدّده إيّاه نقداً.

تنظر إليه. تراه في حالة شرود. تسأله إن كان ما قالته قد أعجبه. لم يجبها على الفور. تريّث قليلاً، ليقول لها إنّه يتمنّى لو أنّ زوجها يجد له عملاً، ليلحق به.

لم تتوقّع نجاة أن يكون هذا رأيه. كانت تتمنّى أن يقول لها، إنّ سفره فرصة مواتية له ولها، كي ينعما بعلاقة حميمة.

ترى نجاة أنّ كلّ ما يبدر عن زاهر نحوها، ليس إلاّ إهانة لها، ولأنوثتها، التي لا تزال في عزّ توهّجها. لم تضع حاجزاً من ردود أفعال سلبيّة بينها وبينه، لأنّها لا تزال تتوخّى استجابته لها، فهي لا ترى فيه عيباً ذكوريّاً يبعده عنها. لم تلمس منه عنجهيّة، أو أيّ شكل من أشكال التمنّع، كي يضمن التمكّن منها، وتقرّبها منه أكثر. لقد فسّرت فيه كلّ شيء؛ فلم تجد الإجابة الشافية على أسئلة روحها، وجسدها نحوه. (هي لا تدري أنّها باتت حلمه المستحيل، وأنّ طيفها لا يفارقه؛ حتّى البهبهان عرف قصّته) تسأله على نحو مفاجئ:

ـ ما الذي ستفكّر فيه غير ذلك إذا لم تلتحق بنعوم؟!

ـ السفر إلى المجهول.. المهمّ أن أبتعد عن هذه المناطق، التي لا شغل لي فيها، سوى أن أَختنق، أو أُختنق. أنت يا نجاة، لا تعرفين إلاّ نصف الحكاية. نصفها الذي يتعلّق بك. نصفها الآخر الذي يتعلّق بي، لا تعرفين عنه شيئاً؛ فلو كنت تعرفينه، لتمنّيتِ لي، أن ألحق بزوجك،

أو أسافر إلى أبعد بلاد الدنيا. أنا يا نجاة الآن، ليس أمامي إلاّ طريق واحدة يرسمها لي أبو إبراهيم. هذا الرجل، لا يرسم إلاّ دروباً له، فهو يخطّط لزجّي في قفص، لا أستطيع الخروج منه طول حياتي. وأنا بصراحة يا نجاة، لا أستطيع مخالفة ذلك، إلاّ بالرحيل إلى أيّ مكان. المهمّ ألاّ أبقى مقيّداً.

ـ أنّى يذهب الفقير، يحمل قيوده معه. هذا زوجي نعّوم. لا يعلم إلاّ الله، تحت أيّ ظروف يعمل الآن. كثيرون يهربون من الدبّ، فيقعون في الجبّ؛ مع أنّي آمل أن يُوفّق، ويصبح ميسوراً كما نأمل.

ـ الحياة مغامرة. لن أظلّ كما أنا. ويروق لي أن أوفّق وألتحق بنعّوم.

(يطلّ أبو إبراهيم من باب الكرم. يتوقّفان عن الكلام، وينهمكان بقطف أوراق التوت. يحيّيهما لدى وصوله إليهما. يطلب منهما أن يضاعفا القطاف. يسأل زاهر سؤالاً مبطّناً): ـ أقمحاً يزرعون يا زاهر، أم شعيراً؟ وهو يقصد بذلك: أوافقت على السفر إلى السويديّة؟ وإن قال: قمحاً، يعني أنّه موافق، أو العكس، إن قال: شعيراً.

يسأل زاهر نفسه في سرّه: ما الذي يمكن أن يحدث،

لو قلت له: لا؟! سأقولها له ذلك بصراحة، وليحدث ما يحدث:

ــ لا. لا أرغب في السفر!

ــ اترك من يدك كلّ شيء. أنا بغنى عنك. اتبعني، واحمل كراكيبك، وإلى جهنم!.. (أشار له بيده).. سأسبقك. اتبعني.

كانت نجاة تنظر إلى زاهر بأسى. سألته إلى أين سيذهب. فهمت من هزّ رأسه أنّه لا يدري إلى أين. كان في داخلها من الجرأة، أن تدعوه للمبيت في غرفتها، وهي تتدبّر أمرها في المبيت عند إحدى جاراتها. لم يقبل زاهر بهذا العرض. لحق بأبي إبراهيم. حمل حاجياته، وقفص طيره، وهو يفكّر إلى أين سيذهب، وقبل أن يتّخذ قراراً نهائيّاً، يفطن بأبي جورج، الذي كان قد أرسله إليه أبو ماريّا.

أبو جورج يستقبل زاهر مرحّباً به. يختصر زاهر قصّته الطويلة بكلمتين: ليس لي سواكم أيّها الرجل الكريم.

يشاهد زاهر، وهما يعبران مدخل الدار، بعض الحجارة الأثريّة، على الجانب الأيمن المحاذي للجدار في الممرّ. وتماثيل نصفيّة، لم تنقش بها يد فنّان حاذق. تُظهر ضربة الإزميل عليها أنّها حديثة العهد. يقول

له أبو جورج دون أن يسأله: "هذه شغل عمّك أبو جورج". يبدي زاهر إعجابه بها. يدخلان غرفة الضيوف، وهي ككلّ غرف المنطقة تقريباً. فرش بسيط. بسط صوحياكتها يدويّة، تغلب عليها ألوان فاقعة. أمّا ما يميّز هذه الغرفة عن سواها، هي الصور المعلّقة على الجدران ليسوع ومريم عليهما السلام. وصور عائليّة موزّعة بين راحلين، وأحياء من العائلة، وصورة فتاة، في إطار من خشب الزان، يقاسم زاويته اليسرى شريط أسود. يتأكّد لزاهر أنّها متوفّاة في عزّ ربيعها. تدخل في هذه الأثناء أمّ جورج. ترحّب به هي الأخرى.

يخبرهما زاهر عمّا حدث بينه وبين أبي إبراهيم. يطلب أبو جورج منه أن ينسى ما حدث، وأن ذاك الرجل، مشكلته أنّه كالنار لا يشبع. تخرج أمّ جورج، وتعود بإبريق حليب مغليّ، يتصاعد منه البخار، وكوبين في قعر كلّ منهما دبس خرّوب. تسكب الحليب، وتقدّمهما إلى زاهر، وإلى زوجها، وتجلس على كرسيّ من قشّ، في الجهة المقابلة لهما.

يقترح أبو جورج على زاهر أن يعمل لديه في كرم التوت، ويكون مسؤولاً عمّن سيعمل معه. يطمئنه أيضاً أنّه قد عمّر غرفة فيه، ويمكنه السكن فيها، أو يعمل لدى صديق له بإيقاد النار تحت الخلاقين في معمله.

تضجّ التساؤلات المرّة في رأس زاهر، التي لا تتجاوز أجوبتها شرانق الحرير، وخنقها. يرى أنّ نفسه توّاقة إلى الخروج من دائرة الألم. تبغي الانطلاق في عوالم أخرى، لكن أحلامه لمّا تنضج بعد، أو ربّما ليس هذا زمنها، بعد تيقّنه من أنّ مكانها ليس هنا.

يقول زاهر لأبي جورج:

ـ أوافقك على أن أعمل لديك في كرم التوت؛ لكن سأكون صريحاً معك. أطلب منك أن توافق لي سلفاً، على أن أذهب، إلى أي مكان آخر، إذا تيسّر لي ذلك. تبادر أمّ جورج بالإجابة. وتقول له بلهجة الواثق:

ـ لا أعتقد أنّك ستفكّر في مغادرة هذه البلدة، بعد أن تلمس معاملتنا لك. عرفنا كلّ شيء عنك من أبي ماريّا. سنساعدك كي تبني منزلاً. سنزوّجك، وتستقرّ. (كثر الفرفرة تكسر الجناح يا بنيّ!.. يقول المثل).

يلوذ زاهر بالصمت، حتى لا يعكّر الجوّ، الذي توافر له الآن، من قبل أسرة طيّبة. تسترسل أمّ جورج بكلامها، موجّهة الكلام إلى زوجها:

ـ وأنت يا أبو جورج، عليك أن تصطحبه إلى الكرم بعد أن تأكلا. أنا أطبخ الآن، وتكاد الطبخة تنضج. (تنهض وهي تخاطب زوجها).الحق بي بعد قليل، وخذ الطبق.

أبو جورج يعد زاهر بأنّه لن يقصّر عليه بشيء، وأنّه كان سيسكنه في منزله هذا، لو لم يكن الكرم يحاذي آخر بيوت البلدة، ويخبره أنّ صديقه نعّوم يسكن قبالة زاويته الغربيّة، وهو يعرف هذا الشابّ جيّداً.

يخز زاهر ذكر نعّوم، ويعلّقه بخيطٍ واهٍ كان يربطه بزوجته نجاة، لكنّ للأقدار حكمتها، في مجالات يصعب على الإنسان تفسيرها، يسمّونها مصادفة، حين يعجزون عن تفكيك شيفرتها.

هنا الأمر ليس مصادفة، حسبما فسّره زاهر، فالبلدة صغيرة، وأهلها يعرفون بعضهم: (ماذا في الأمر؟!) يتساءل.

يستغرب أبو جورج اصطحاب زاهر لبهبهان. يسأله لماذا يهتم بمثل هكذا طائر.

يخبره أنّه يسلّيه في وحدته. رأت أمّ جورج بالطير ما يسلّيها هي الأخرى، وما سمعته منه في غيابهما كان أشبه بأحاجي بالنسبة إليها.

***

16

يحمل زاهر حاجياته، وقفص بهبهانه، ويرافق أبا جورج إلى كرم التوت. كانت المسافة القصيرة بين المنزل وبين الكرم أطول مسافة قطعها زاهر، بسبب ما توهّج في ذهنه، من خواطر، وأفكار، وذكريات، كلّها تشعّبت، وتشابكت، ولا شيء يمتّ لشيء آخر منها بصلة؛ إنّما كان الأكثر توهّجاً فيها، ماريّا، التي غدا بالإمكان تسقّط أخبارها، باعتبار أنّ لأبيها مكانة خاصة لدى أبي جورج. ونجاة التي ــ لا شكّ ــ أنّها ستفرح حين تعلم أنّه يسكن قريباً منها.

يبلغان الكرم، يرى زاهر أنّ أشجار التوت فيه يزيد عمرها عن ثلاثين عاماً. الكرم فيه أشجار مثمرة أخرى، أعدادها قليلة تكفي للاستهلاك المنزليّ. أعجبه أنّه بلا سور. يستطيع المرء أن يدخله من أيّ مكان. كما أنّ إعجابه بالغرفة كان لا يوصف. مبنيّة بإتقان، فوق أعلى

مرتفع من أرض الكرم، بل يمكن أن يرى كلّ أشجار التوت، وحتى كلّ المنازل المجاورة، وأبوابها، ونوافذها منها. لها نوافذ أربع، ورفراف قرميدي يعلوها، ويعلو بابها أيضاً. يشير إليه أبو جورج قائلاً بفرح مبشّر:

ــ هناك يسكن صديقك نعّوم!

ينتبه إلى أنّ سكن نعّوم منفرداً، هو عبارة عن غرفة تحاذيها غرفة أصغر، وأخفض سقفاً، لا شكّ بأنها تستخدم كمطبخ. توقّف بصره عند نافذتها المغطاة بستارة بيضاء سميكة. السكون يخيّم عليها تماماً. لم تصدر أيّة حركة من المكان التي هي فيه. حتى الأشجار القريبة منها كانت في حالة سكون؛ أمّا الغرفة التي خُصّصت له مجهّزة بفرش بسيط. حصيرة من نبات الخوص. (كان يأتي بهذا النوع من الحصر، تجّار صغار من حمص، وحلب، وغالباً ما تكون البضاعة محمولة على أكتافهم، أو على بغالهم).

جدران الغرفة مطليّة حديثاً بكلس مطفأ، تبدو به ناصعة البياض. لا يشغل جدرانها أيّ شيء من صور، أو ما شابه، اللهمّ سوى رفّين خشبيين فارغين، وبضع شموع من القطع الصغير، واحدة منها بدا عليها أنّها قد أُشعلت. فتيلها ينبئ بذلك. في أرضيّة الغرفة غير الحصيرة، كراسٍ ثلاث صغيرات، وطاولة خشبيّة، ليست أكثر من ذراع طولاً

وذراع عرضاً، وفانوس. قال أبو جورج له: الليلة ستنام عندنا. غداً نزودّك ببابور كاز، وكاز للبابور، وللفانوس وعدّة شاي، وغيرها. المهمّ، أنّك الآن رأيت غرفتك هذه. أتمنّى أن تكون قد أعجبتك!؟

كانت بداية سهرته مملّة مع أبي جورج، الذي اكتفى بأن حدّثه عن أشياء خياليّة غريبة كانت تحدث في البلدة، تنتمي إلى عالم الجنّ، قبل قرن مضى، وزاهر من طبعه، ألاّ يصدّق ذلك، إلى أن جاءت أمّ جورج من زيارتها لأختها، برفقة شابّ، عرف أنّه ابن أختها، واسمه شادي، وقد يكون بسنّ زاهر، أو أكبر قليلاً. أعجبه فيه تسريحة شعره المسبلة إلى الخلف، وطريقة حديثه، وخفّة دمه، وسحره حين راح يغنّي بصوت شجيّ، وحزين، لم يكن يتوقّعه من هذا الشخص، الذي يحبّ المزاح والمرح. قالت له أمّ جورج: شادي، يروّح عن نفسه الحزينة بالمرح، وحين يعود إلى طبيعته نسمع منه هذا الصوت، الذي يبكي الحجر. شادي يا زاهر عاشق. شادي لم يطل المقام به في السهرة. ودّعهم، وغادر المكان.

فُسح المجال لأمّ جورج، أن تبدأ بأسئلتها لزاهر، بسؤال فجّ، ومفاجئ:

ـ هل رأيت مثل ابن أختي شادي يا زاهر؟

اكتفى بأن نظر إليها، وهو يبتسم، كإقرار بنعم.

سألته عن أسماء كان البهبهان قد ردّدها، وهي تطعمه، وتلاعبه ماذا تعني له، مثل: ماريّا. جوزفين.

ثم سألته: "لماذا قال: اتركوها تموت"!

يتهرّب زاهر من الإجابة، بأنّ هذا البهبهان، قُدّم له هديّة، ولا يعرف لماذا يردّد هذه الكلمات، أو سواها.

كان أبو جورج يوشك على النوم. يبدو أنّ هذا الحديث لم يعجبه.

قال لزوجته:

ـ الأفضل أن تفرشي لزاهر كي ينام. غداً عليه أن ينهض باكراً. هذا ما كان ينتظره، ليتملّص من المتابعة مع أمّ جورج، وقد لا حظ أنّها ستتسلّى به.

اصطحبه أبو جورج في ساعة مبكرة من السهرة، إلى الغرفة التي سينام فيها. بدوره، اصطحب قفص طائره معه. كان يتّضح كلّ ما في الغرفة، بعد أن أشعل أبو جورج فتيل فانوسها المعلّق بسلسلة متدلّية من السقف: رأى طاسة ماء نحاسيّة مليئة على طاولة، وصوراً عائليّة معلّقة على الجدران. قال لزاهر: يمكنك أن تترك الفانوس مضاءً. هذا أيضاً ماء لتشرب إذا أردت. صباحاً أنا أوقظك. تصبح على خير.

صباحاً، وقبل الشروق، قرع أبو جورج الباب، وناداه:
يا زاهر. انهض. البس ثيابك، وتعال. أنا، وأمّ جورج
ننتظرك، سنفطر معاً، وبالطبع قضى زاهر ليلته قلقاً.

بعد الفطور، كانت أمّ جورج قد أعدّت ما يلزم
لغرفة كرم التوت من حاجيات. أحضر أبو جورج الدابّة
من الزريبة. وتمّ نقلها عليها إلى الكرم، وأبو جورج يرافقه

يعود أبو جورج إلى المنزل، بعد أن أوصاه بالعمل،
مع من سيحضر من عمّال وعاملات في جني ورق التوت.

يرى زاهر نفسه في قفص جديد أكبر سعة، من كلّ
ما سبقه، لكنّه مقيّد فيه أكثر بسبب الأريحيّة، التي
يعامله بها أبو جورج وزوجته. غرفة مجهّزة. مسؤوليّة
عن العمّال. بالإضافة إلى رابوط اسمه نجاة على مرمى
حجر. سيكون على الرغم منه، في مكان، كأنّما أُقيم على
صخرة أزليّة، لا يستطيع أن يحرّكها، أو أن يزيحها عنه
قيد شعرة.

لم يحضر من العمّال يومها سوى امرأة وزوجها.
انقضى النهار، ولم يسجّل عليهما أيّة ملاحظة.

يأتي أبو جورج على دابّته، حاملاً الطعام لزاهر. يخبره
زاهر عن أداء العمل.

يبدو له أمر غياب بقيّة العمّال عاديّاً. ثم يغادر دون أن يوجّه أيّ تعليمات، أو أيّ ملاحظات له.

يمرّ أسبوعان من دون أن يرى نجاة، ولا يعرف إنْ كان سيراها فيما بعد أم لا؛ وفي نهاية يوم عمل يفترش زاهر الأرض خارج الغرفة، بعد أن يفتح باب القفص، ويحمل كويكر، ليطلقه قبالته. يتناول طعامه، ويطعم الطائر. وعينه باتّجاه سكن نجاة، التي رأته قبل أن يراها، على ما يبدو، إذ كانت قد فتحت النافذة، وراحت تنظر نحوه. يبدو أيضاً أنّها تأكّدت من أنّه هو بالذات، من يعمل في كرم التوت هذا، ويقيم في غرفته. رآها تتّجه نحوه متردّدة، ثمّ اتّزنت خطواتها في السير. زال التردّد، وقدمت إليه بثقة. لم ينتظرها لتصل بعد أن شاهدها.

سار هو الآخر لملاقاتها، وكويكر يتتبّعه. التقيا في مكان ظليل عبر الممرّ المؤدي إليه، والطائر حطّ على شجرة قبالتهما، ونجاة تنظر إليه معجبة به. توقّفا مندهشين. كان يرتسم على وجهها تعبير لأوّل مرّة ينتبه إلى تفاصيله. ينعكس فيه فرحها بعدم مغادرته القرية، وإقامته قربها

لأوّل مرّة يرى شعرها حرّاً دون منديل يعصبه. كان مضفوراً بجديلتين تحرسان كتفيها، وظهرها. لأوّل مرّة

يراها بتنّورة حريريّة مزهّرة، يزينها كشكش مشغول بسنّارة يد، وبإتقان عالٍ، يغطّي ركبتيها. يعلوها قميص حريريّ أبيض، يتموّج مع الهواء، أو كلّما تحرّكت. الشيء غير المنسجم مع كلّ هذا، انتعالها لشحّاطة، على الأرجح لزوجها نعّوم. لأوّل مرّة ينتبه زاهر بدقّة إلى كلّ هذه الأشياء. كأنّ ساحراً قام بتشكيله من جديد، ليكون زاهراً آخر، ليس فيه من كينونته الأولى سوى اسمه. لاحظت نجاة ذلك من التغيّرات التي رأتها عليه. يتعزّز يقينها بما لمسته منه حين بدأت الحديث معه.

فهمت منه أنّه سعيد بوجوده بالقرب من سكنها، وأنّه عدل عن كثير من الأفكار، التي كانت تراوده حول رحيله، أو مكوثه، أو حتى عمله. يصافحها. ينسى كلاهما يده بيد الآخر، وتفلّت بعد هنيهة، إلاّ من الأصابع، التي استمرّ تشابكها إلى حين. عبّرت له عن فرحها ببقائه في هذه القرية. تطمئنه أنّ جارتها العجوز، تبيت عندها كلّ ليلة. سألها عن زوجها نعّوم، فأخبرته أنّه أرسل إليها رسالة، مع تاجر يقول فيها إنه يعمل في خان بأجرة يستطيع من خلال ما يدخّره منها، أن يفكّ الرهن من أبي إبراهيم. كان هذا اللقاء كزلزال دمّر كلّ ما كان قائماً لديه، وترك كلّ شيء للقدر.

يشعر زاهر أنّه سيدخل من عنق زجاجة ضيّق جدّاً، لا سبيل إلى الخروج منه، لو حدث ذلك، ولا نجدة له من أحد، حتى من القوى الخفيّة، والغافية، في قلب الزمن، وفي كتب النبوءات التي ران عليها السكون، ولم تتعرّض صفحاتها لحرارة أيدي العاشقين، وأنفاسهم، ولم توقظ شخصيّاتها زفراتهم، في وجه زمن لم يدر له وجهه، كما لم يبتسم له من قبل أبداً.

ظلّ كويكر قبالتهما، وربّما لم يرق له سوى اسم نعّوم، فراح يردّده كلّما حاول زاهر أن يلاعبه، ومرّة واحدة ردّد اسم نجاة مقروناً بكلمة. خان، وكلمة خان صعب عليه أن يجيد لفظها من المرّة الأولى.

يرى زاهر نفسه في هذه اللحظات، أنّه أمام لعبة جديدة، وأنّه الخاسر فيها سلفاً، بعد أن سبقه قلبه للقاء نجاة، ليتفتّت عند قدميها. سبقه إليها، فكانت كشجرة توت بكامل اخضرارها، وكان كشرنقة حرير يتغذّى منها، ليسقط صريعاً في مياهها، ويختنق فيها، بعد أن أشعل نارها طوعاً.

كان يمكنه أن يقول لا لنجاة، حين دعته ليسهر عندها، لكنّه لم يستطع حتّى أن يعتذر. كان يرى أنّه من خلال السهر عندها، يمكن أن ينتزع منها وعداً بألاّ

تعتبره إلاّ كصديق، بعد أن رأى بناء ذاته الذي أشاده بأناة، سينهار إذا استمرّت نقاط ضعفه بالسيطرة عليه. يقرّر أخيراً ألاّ يوافق على طلبها بشأن السهرة. ذلك ليس خوفاً على نفسه، من الانهيار أمامها بسيطرة نقاط ضعفه عليه، بل خوفاً عليها، لأنّ العجوز التي تبيت عندها، قد تفضحها. تصرعه الحيرة، ومرّة أخرى يتردّد.

تراه نجاة قد تأخّر مساء عن مجيئه إليها. تخرج من غرفتها. كانت العتمة أشدّ ممّا تتصوّر. يجوس نظرها في العتمة، فلا ترى أيّ بصيص ضوء يصدر من جهته. تتجرّأ، وتذهب هي إليه. لم تحمل فانوسها كي لا يشعر بها أحد من الجوار. تصل، وتراه واقفاً خارج غرفته، كأنّما حدسه يقول له إنّها ستأتي، وأنّ تخاطراً حقيقيّاً قد جرى ما بينهما بهذا الشأن. يتذكّر أنّه قرأ في الكتب، عن سحر الحبّ بين الكائنات، والأعاجيب، التي يفعلها الحبّ حين يتمكن من أيّ كائن، ليس البشر وحدهم. الحبّ هو الذي يجعل الحياة مستمرّة. لولاه لكان كلّ شيء في الوجود لا قيمة له.

يقفان في العتمة. قلبان يزداد ضخّهما من الدم. فائض النبض يتلقّاه سكون الليل. تلوح على زاهر علامات الخوف. صوته يتهدّج. يتماسك قليلاً، حين ألقت برأسها

على صدره، ليقول لها ما لم تكن تتمنّى أن تسمعه منه. لم تكن تنتظر منه أن يقول لها: (أنا إنسان ليس لي أيّ شيء، في هذا الكون. لا جدار أسند ظهري عليه، أو أخ. لا أخت أخاف عليها من الذئاب. لا سقف يحمي رأسي من حرّ، أو صقيع. أنا لا مكان لي، إلاّ حيث يضعني ظرف ما. أنا هشّ يا نجاة. أنا صفر. أنا لا شيء. أنت لديك أهل. لديك نعّوم. لديك عجوز تخاف عليكِ. لديك أمل بجنين تحملينه، ليحملك عند عجزك. أخاف عليكِ يا نجاة!).

كانت نجاة تغرس رأسها في صدره، حتى لا يرى الدموع الساخنة، التي تنهمر من عينيها دون إرادتها. تتمالك نفسها، وتسأله: ماذا بعد؟! لماذا لم تقل لي إنّك تريد التهرّب منّي، وأنا أسعى إليك مجنونة بك. أريد منك شيئاً واحداً، هو أن أنام على ذراعك بكلّ نيراني، لتطفئ سعيرها. (تسكت، وتبدو له أنّها تمسح الدمع من عينيها) تبوح أكثر، فتقول له: يعلّموننا على النوم في حضن رجل. لا نعرف أنّه يتزوّجنا لنجمع كسوره. لنلملم شظاياه. لم أكن أعرف أنّه خاضع لرهن. لا أعرف أنّه سيأتي بي إلى هنا لأعيش هذا الخواء، وهذا الجفاف الجسديّ، والروحيّ. لا أعرف أنّ القدر سيسرقه منّي، ليعمل في خان بعيد، ويتركني في صراع مع روحي. أنا بحاجة إليك يا زاهر.

ــ أنت الآن لي، مثلما أنا الآن لك!

كان زاهر يصغي إليها بكلّ جوارحه. لم يكن موافقاً
على كلّ ما تقول، لكنّه يتفادى أيّ ردّ يجعلها تجفل
كغزالة محاذرة، أو يشعل شيئاً ما في صدرها يحرقهما
معاً، أو يشقّ طريقاً إلى متاهة يصعب خروجهما منها، أو
يلبّي رغبة لها قد تكون آنيّة، فيلقيهما إلى حسرة، أو ندم.
يضرب دفّة زورق الكلام لتنحرف إلى غير اتّجاه. يسألها:

ــ أتدرين بمَ أفكّر الآن؟ أفكّر في شيء مهمّ أكثر ممّا
تفكّرين فيه، ولو أنّ ما تفكّرين فيه هامّ جدّاً بالنسبة
إليّ؛ لكن ليس في هذا الوقت. (ويصمت ليرى ردّ فعلها).

ــ وهل هناك أهمّ من أن تلبّي رغبة لديّ، وحاجة
تؤرّقني. ألا تخشى من أن أبذل نفسي..

يقاطعها، وهو يبتسم، ويهزّ رأسه مستنكراً:

ــ نجاة ليست من ذلك النوع من النساء. أنا متأكّد
من ذلك!

يدور في خلدها، ما يجعلها تعتقد أنّه يكذب
على نفسه.

ما الذي جعلك تتأكّد من أنّني لست كغيري من
النساء، ومعرفتك لي لا تجعلك تشكّل فكرة كاملة عنّي؟

يرى زاهر نفسه أمام امرأة ليس من السهل قيادها، فيلجأ إلى التعاطف مع ما تقول، تعبيراً عن خسارته هذه الجولة، وما عليه إلاّ أن يطيل الخيط، الذي يربط ما بينهما، كي يكون أيّ قرار يقف عنده، يكون القرار الصحيح بالنسبة إليه وإليها. يقول لها:

ـ ما رأيك أن ترسلي إلى زوجك نعّوم، أن يأخذك إليه (يصمت قليلاً ليرى أيضاً ما ردّ فعلها، حيال هذا الرأي) تجيبه قبل أن يكمل كلامه:

ـ ذلك لتتخلّص منّي!؟

تجد نجاة في كلامه نزوعاً إلى التملّص منها، من دون أن يجرحها. تتحوّل غزالة الرغبة، التي في داخلها، إلى ذئبة تحت عين صيّاد ترى به مراوغاً عريقاً، مراوغته أشدّ من الجرح ألماً، أو من القتل، وفي المقابل، يرى زاهر أنّ أخطاءه معها تراكمت إلى درجة من الصعب محوها، إلاّ بالتسليم لها كقدر أحمق، مكتوب عليه أن يعيش في ظلام سرمديّ، حتى لو كانت بصيرته تريه كلّ ما هو آتٍ، كما لو كان متنبّئاً، أو يملك من السحر ما يؤهلّه لأن يرى كلّ شيء قبل وقوعه. يقول لها بثقة:

ـ ما الذي تريدينه الآن؟

هي لا تريده ذليلاً، ولا تريده نذلاً. تريده بكامل عنفوانه. تتذكّر أنّها سمعت أمّها ذات يوم تقول لأبيها، وهي صغيرة: "لا تصدّق أنّني أحبّك. أنت خنثى!".

لم تعرف يومها السبب، الذي جعل أمّها تقول لأبيها هذا الكلام المذلّ المنفر.. يثأر أبوها لكرامته، وتجد نفسها دون أمّ. أرسلها إلى أهلها في ليلة سوداء، ولم تعد ترى أمّها منذ ذلك اليوم. قالت لزاهر:

ــ القرار لك. لو تقول لي: "موتي، سأموت دون أدنى تردّد!".

ــ أنا يا نجاة ما أتيت إلى هذه الدنيا، كي أشوّه صورة أيّ إنسان؛ فكيف تريدين منّي أن أشوّه الصورة التي رسمتها في خيالي لامرأة مثلك. أراها مثل شجرة أرز. ينظر إليها أهلها كرمز. لا يطمعون بثمار يجنونها منها. يكتفون بظلّها. بفيئها. بالاستمتاع بالنظر إليها. تقاطعه، وهي تنظر إليه بانكسار:

ــ أنا لست استثناء بين النساء. أنا امرأة أحتاج الكثير ممّا في الحياة لأعيش. ألا ترى كلّ النساء لهنّ هذا الطبع، ولهنّ طباع ــ على اختلافها ــ يلتقين عند نقطة محدّدة، هي أن يلدن ما يجعل الحياة مستمرّة، وأنّ مثل هذا ليس له سوى طريق واحدة يبدأ بما في أجسادهن،

وعقولهنّ، وعواطفهنّ، لتحقيق مأرب واحد هو المتعة. كم أنا بحاجة إليها يا زاهر.

أعرف أنّك ستقول لي إنّها يمكن أن تتحقّق بأساليب متعدّدة. أساليب أنا لم أتعلّم منها سوى أن أفتح بوّابة جسدي لرجل، وكان ذلك يوم زفّوني لنعّوم. نعم لنعّوم، الذي أراه مثل أيّ رجل آخر، وهذا الرجل غاب تاركاً خلفه امرأة لا تزال بوّابتها مفتوحة للفراغ. كلّ النساء مثلي، أيّ رجل في نظرهنّ مثل أزواجهنّ. أعرف ما يقلنه حين يبحن بأسرارهنّ، وهنّ في حال مثل حالي. ألا ترى أنّ الزيف هو الواقع، وما عداه كلام بكلام؟!

ـ أرى أن تعودي إلى المرأة العجوز، التي تنتظرك في غرفتك؛ فقد يلعب الفأر في عبّها، بسبب تأخّرك عنها. (يقترب منها. يضع راحة يده على شعر رأسها. تنبت لها أجنحة. تطير من فرح داخلي يغمرها، ويتسلّل إلى عروقها. يهمس لها، ثم يمسك طرف قميصها الحريريّ):

ـ اطمئنّي لن يكون هذا الحرير للريح؛ أو على الأقلّ، هذا ما أتمنّاه. أراكِ غداً هنا، بعد أن تعودي من العمل، في كرم أبي إبراهيم. أريد أن آكل من عمل يدك، طبخة من خضرة هذه البريّة. أنا غداً سأنتظرك؟!

***

17

كي يتأكّد، يسأل أبو إبراهيم نجاة عمّا إذا كان زوجها يستطيع فكّ الرهن ممّا سيدّخره، ليستعيد ما رهنه؟

طمأنته نجاة أنّ عمله سيتيح له أن يفكّ الرهن بما سيوفّره من نقود، وهذا أفضل له.

يفكّر أبو إبراهيم أن يلعب مع نجاة لعبة مغايرة، هي أن تقوم بخدمة زوجته، في المنزل بعد الانتهاء، من العمل اليوميّ في كرم التوت، وأن تنقل عفش بيتها إلى داره، لتسكن لديهم، فتوفّر أجرة السكن، وفي سرّه يضمر أن يحسب عليها أجرة هذا السكن؛ لكنّ خوفه من ردّ فعل أمّ إبراهيم زوجته، جعله يتريّث بطرح هذه الفكرة على نجاة.

مساء يحاول أن يطرح فكرته على زوجته بمراوغة، قوامها أنّه يريد إراحة أمّ إبراهيم من أعمال المنزل. كانت أمّ إبراهيم له بالمرصاد، فنفرت في وجهه، وكانت فجّة في إبداء رأيها.

قالت له مؤنّبة:

ـ عيب على شيبتك، تفكّر في صبيّة مثل بنتك، مستغلاً غياب زوجها!

يلوذ بصمته، ولم تفسح له مجالاً ليدافع عن فكرته.

ظلّت كلمات زوجته تغلي في رأسه، ولم ير ما يبدّدها، سوى أن يصارح نجاة، بما كان يفكّر فيه تجاهها، وفي ردّ فعل زوجته، كشعور بالذنب، ليسمع رأي نجاة، الذي قد يوافق ما يفكّر فيه. وهذا ما حدث عندما حضر إلى الكرم، في اليوم التالي، وانفرد بنجاة. كان ردّ فعلها أقسى، من ردّ فعل زوجته:

قالت له:

ـ زوجتك على حقّ. أتراني بنظرك مشاعاً لك، ولسواك؟! فإذا لم تنزع هذا التفكير من رأسك، سأترك العمل، ولن أعود إليه أبداً.

يتّجه أبو إبراهيم نحو دابّته. يفكّ رسنها المربوط، يجرّها خلفه مخذولاً، كجنديّ يعود من الميدان، بعد معركة خاسرة.

تنظر نجاة إليه بأسى. تندم أنّ خطابها له كان بمنتهى القسوة. تتابعه بنظراتها، فيما كانت عائدة إلى

صويحباتها في العمل، ونظرات التساؤل تتبع حركاتها. لم تتجرّأ أيّ واحدة من العاملات أن تسألها عمّا جرى بينها وبين هذا الرجل. الشائعات عناكب تنسج خيوطها في الظلام، وبعيداً عن العيون.

تُنسج، وتنتشر عن نجاة أكثر من حكاية. تصبح نجاة علكة، في أكثر من فم: "زاهر يترك عمله عند أبي إبراهيم ليعمل لدى أبي جورج، ويكون قريباً من مسكنها!". "أبو إبراهيم يريدها خليلة له في غياب زوجها. أعطاها مصاغ أمّ إبراهيم. سيسجّل لها كرم التوت باسمها. لا يعلم إلاّ الربّ ما بينهما!". وغير ذلك.

يصل إليها اليسير من هذه الشائعات. أمّا عن نعّوم كزوج، فهو كما في مثل هذه الأحوال، آخر من يعلم. أحد معارفه النمّامين، يرسل له كلّ ما هو ملفّق عن زوجته، بدافع الحرص عليه، وعلى سمعته، وسمعة زوجته.

مع الغروب ينتظر زاهر أن تطلّ نجاة، لكنّها لم تطلّ. العتمة تتكاثف لتغمر الطبيعة. لم يرَ إلاّ ظلالاً باهتة، تمنعه من رؤية سكن نجاة. ينزاح تفكيره فجأة، ودون سابق تصميم، نحو ماريّا؛ كان كويكر قد ذكّره بها هذه المرّة، وهو يناغيه. يتساءل في سرّه عمّا آلت إليه أمورها، وهل تغيّرت، أم لا تزال كما عهدها. ينتظر أحداً يأتي من

قبل أبيها، لحاجة عند أبي جورج صديقه ليعرف عن ماريّا شيئاً. كان قد تعوّد أن يتزنّر بمنديلها قبل أن تتعلّق نجاة به. يرى أنّه أخطأ بحقّها، على إهمال هذا المنديل، الذي كان الشعلة الأولى، التي أنارت أعتم زاوية في داخله، وكانت كتعويض له عن اليتم، الفقد، الدونيّة في مجتمع لا يرحم الدونيّ فيه، ولا عرق التعب، الذي يغسل المنديل به ليزهو، وحريره البلديّ للذين توّجوا أنفسهم نبلاء في الدنيا. يسرح تفكيره إلى منزل أبي ماريّا، إلى غرفته، إلى الكنيسة التي تعلّم فيها أسلوب التعامل مع الآخرين، إلى الرهبان، والقساوسة، إلى الناقوس الذي وضع له حدّاً بين غرائزه، وبين حقّ الآخرين في التكيّف مع حريّتهم. إلى أخت ماريّا، التي تحبّ الحياة كما هي، وإلى ماريّا التي تبدو كراهبة، دون أن تكونها. إلى معمل الحرير. إلى خلاقينه. إلى النار التي يشعلها تحتها، ويراقبها حتى تصير رماداً. إلى مياهها التي تغلي، إلى الشرانق التي تموت فوق بخارها. إلى تمنّياته، أن يطلقها، أن تثقب شرانقها، أن تطير في هذا الفضاء الرحب، أن يطير حريرها في الحريّة، أن يكون لها حقّها في الحياة، لا أن تموت بوحشيّة، ويُسرق حريرها. يدخل غرفته. تضيق عليه الجدران. يشعل الفانوس، تبدو الأخيلة، التي يشكّلها الليل على نوره كأشباح. يشعل بابور الكاز.

يغلي الشاي، ويشرب. يتناول كتاب ترجمان الأشواق. يجلس على فراش تعوّد أن ينام عليه. يقرأ، وتفكيره المشتّت لا يزال مسيطراً عليه. لم يستوعب شيئاً ممّا قرأ. يغلقه، ويضعه جانباً. شعر أنّه بحاجة لما يمدّ روحه الحائرة بما يجعلها تستقر، وبما يجعله أقوى.

يتذكّر بعض ما قرأ عن عنترة، ثم تذهب ذاكرته إلى ماريّا، وإلى نجاة. يبتسم بسخرية من نفسه، حين تلوح أمامه صورة عنترة، التي رسمها له خياله؛ أيقارن بينه، وبين عنترة، وبينهنّ، وبين من ركّعت عنترة، وجعلته يقبّل الأرض ليحظى بها؟ يربطه به خيط واحد: الدونيّة. يغدو الشاي بطعم العلقم في فمه. يغلق ذاكرته على صهيل مكتوم. على التبنّي الظالم. على كلام كان يخرج من قلب يحترق، يوُزّع بين عبلة، وبين انتظار الموت، أو الحياة، في معركة يتمنّاها ليضيء بشموس سواده ليله البدويّ الطويل، ليل أشواقه القتيلة، ليل خلع ثوب العبوديّة عن جسده، وتاجها الشوكيّ عن جبينه، ليحظى بحريته أوّلاً، وأخيراً، بعد أن كان عند عبلة هامشاً في كتاب قلبها.

يرى زاهر أنّه عالق في أنشوطة حبّ غير متكافئ، وحب غير سويّ، وهو كدودة قزّ، لا مجال له لينجو من ماء يغلي، ومن الموت اختناقاً. يدع كلّ شيء مكانه، ويفتح

باب غرفته، ويخرج إلى الليل، إلى النجوم، إلى الأصوات التي تأتي من غابة قريبة، وبالتالي، ولو إلى بصيص يراه من صوب سكن نجاة. كلّ شيء كان معتماً من جهتها. يحسّ بضيق في صدره. يتمنّى معجزة تريحه ممّا هو فيه، من توتّر، ومن اضطراب نفسي، لم يحدث معه مثله من قبل

كان وقع الإشاعات لو حدث على زاهر، كانهيار جبل شاهق، على ممرّ إجباري، فأقفله وإلى الأبد. ساعده ذلك، أن يحسم أمره مع هذه العاشقة، والأصحّ، هي التي كان الحسم بيدها. تنافسا على الترفّع، وعن الوقوع في أخطاء تمسّ الإيمان المغاير، ومثل ذلك في حينه، جريمة، وخروج، وعودة إلى نقطة الصفر، التي فيها انطلقت شرارة، أشعلت حرباً طائفيّة، لم يستفد منها سوى الزعماء، والإقطاع، وعدوّ البلاد. بينما خسر السذّج من أبناء الطوائف، الكثير من الأرواح، والأرزاق، وبيوت السكن؛ والكثيرون غادروا البلاد، إلى غير رجعة، وذابوا في الأمريكيتين، وفي أفريقيا، ووضعت البلاد على رقبتها النير بنفسها، ليفلح الغرباء عليها، ويجعلوا من الأرز ظلاً لهم، ويتركوا أهل البلد للريح المجنونة، التي فرّقتهم. يستعيد البهبهان اسم ماريّا، من ذاكرته العميقة، التي لا تكذب، ولا تخون، فيسقط الاسم في الجرح، الذي لن يشفى، وسيظلّ ينزّ،

ويسأل نفسه: لماذا لم أكن أراها كما أراها اليوم؟! طول الليل، زاهر يفكّر بماريّا. يتذكّر كلّ لحظة مرّت عليه، في كنف أهلها. في الكنيسة التي تعلّم فيها، هو وماريّا، وتيريز. الأيّام التي كانت كحلم، وانقضى. وعليه أن يرسم الطريق، التي سيسير عليها بوضوح بعد اليوم، ويعرف أين يرفع عليها مصابيح الليل، وأن يقلّل ما يستطيع من العثرات إذا استطاع إلى ذلك سبيلاً؛ لأنّ الطريق التي لا يعرفها المرء تطول، وتطول.

رأى بعد كلّ معاناته تلك أن يرحل، ولا ينتظر، أو يتمهّل؛ وليس أمامه سوى أن يلوّح منديل الوداع لقرية أحبّها، وأحبّ كلّ ما فيها على الرغم من الجرح البليغ الذي خلّفته فيه، وسيظلّ ينزف ما دام حيّاً.

***

18

... لم يكن من السهل على زاهر، أن يقول كلمات
وداع كما ينبغي. غصّت حنجرته بالكلام. أحسّ أنّ تنفّسه
توقّف نهائيّاً. ألقى بنفسه على أبي جورج. اكتفى بأن
عانقه، وغسل كفّ زوجته بالدموع، وهو يقبّلها، بعد
أن حزم أمره، وحزم متاعه، بانتظار التاجر، الذي أخذ
نعّوم معه، وموعد مجيئه إلى القرية، في ذاك النهار، وكان
دائماً خير رفيق للمسافرين، وخير من يحمل أخبارهم
إلى ذويهم. همس أبو جورج بأذن زاهر، ودسّ في جيب
سترته صرّة، فيها نقود، وليرات ذهبيّة. حاول زاهر أن
يعيدها إليه، فأبى. قال له:

"قبل أن تودّعنا يا ابني، اسمع منّي (هالكلمتين).
علّقهما في رقبتك كتميمة: إيّاك أن تدير ظهرك للدنيا،
فتركب على ظهرك، والدنيا حمل ثقيل، وهي إن لم تفعل
ذلك، ستظلّ تطاردك بسوط لا تراه، وتصفقه خلفك، أو

على ظهرك، إلى أن تسقط. دع دائماً وجهك لها، ولا تخف، أو تتردّد؛ وإن عبست بوجهك سر أمامها، ودعها تلحقك.

لا تدعها تقبض حتّى، ولو على طرف ثوبك، فباستطاعتها، إن بلغتك أن تركّعك!".

(كان زاهر يصغي إليه بكلّ حواسّه. وهو يهزّ برأسه، على اقتناع بما ينصحه).

أمّ جورج أيضاً حملت له زوّادة طعام طريق تكفيه، وتكفي رفيقه التاجر ليومين على الأقلّ. كانت كلماتها الأخيرة له:

ـ هل ستنسانا يا ابني يا زاهر؟! (قالتها بصوت شجيّ حزين، كأنّما به تندب نفسها، وبأنّها ستودّع الدنيا دون أن تراه). أردفت كلماتها هذه بقولها:

انتبه إلى نفسك!؟ (ومسحت بطرف منديلها، دمعة سالت على خدّها).

إيّاك أن تنسى بهبهانك يا إبني.

يقاطعها، وقد التفت نحوه بنظرة استغراب لما أبدته نحوه: سأدعه عندكم؛ وإذا قدّر الله وعدت.. أشكركم وأستعيده.

ـ سلفاً أقول لك: سنعطيه حريّته. إيّاك تزعل!؟

.....

كان الانطلاق إلى الشام فجر اليوم التالي؛ بعد نوم متقطّع، وبعد أن حمّلا البغل كلّ ما معهما. كانا يتناوبان ركوبه طول رحلة الطريق، ويسلكان الدروب الترابيّة، التي تختصر من المسافة ما أمكن. يحكي التاجر لزاهر عمّا يمكن أن يواجها في طريقهما من مفاجآت: (عصابة قطّاع طرق مثلاً. دوريّة جندرمة. دوريّة جمرك. وحش كاسر. أفعى، وغير ذلك).

كانت أولى المفاجآت نهاراً، خروج امرأة من غرفة مهجورة، في كرم عنب مهمل، ككلّ الكروم المهملة، بسبب هجرة الشباب المحمومة، إلى البرازيل، والأرجنتين، وأمريكا، وكندا بخاصّة، وقبلها الهرب من الانكشاريّة؛ ثم ترتفع وتيرة الهجرة، فتشمل أمريكا الجنوبيّة كلها، وبعض بلدان أفريقيا. كانت المرأة مفزعة، بهيئتها، بلباسها، بشعرها المنفوش كالغيلان، في حكايات الجدّات للأطفال.

هاجمتهما بعصا قصيرة، سرعان ما التفّ التاجر من خلفها، وانتزع منها العصا بالقوّة. راحت تلتقط حجارة من الأرض، وتقذفهما بها، ولمّا كان قذفها عشوائيّاً، ودون تركيز، لم تصب أيّاً منهما، ولا حتّى البغل، الذي استهدفته أيضاً، بأكثر من حجر.

كانت نوبة جنون قصيرة، وانتهت بسلام، ثم راحت تضحك، كأنّما انتصرت، وتقترب منهما، لتطلب منهما أن ترافقهما في المسير. كان ذلك أصعب من رمي الحجارة.

لم تقتنع من التاجر أنّ بقاءها هنا أفضل من السفر الشاقّ، والصعب، ويذكّرها بأنّها حافية، ولا تستطيع السير على الأشواك، وفي وعورة الطريق. يمدّ يده إلى خُرج البغل، ويخرج منه رغيفاً، وبضع حبّات زيتون يضعها على الرغيف، ويضع الرغيف أمامها على الأرض. بدت أنّها جائعة فعلاً، من خلال التهامها الرغيف. تابعا السير، فلم تلتفت إليهما. حجبتهما عنها تبّة صغيرة تغطّيها أشجار التين، وغابا عن الأنظار.

كان سفرهما هذا، من أصعب ما يعانيه مسافر، في أرض إقليم واحد. دوريّة الجمرك التي فوجئا بها، قنصت منهما حتى ملح الزوّادة، وكلّ ما كان معهما، كان من نصيب قطّاع الطرق. وصلا الشام كشجرتين عاريتين، بفعل عاصفة. يصل زاهر والتاجر إلى قلب الشام. يصطحبه التاجر إلى خان النور، ويسلّمه لصديقه نعّوم، ويغادر المكان.

قضى زاهر ليلته نائماً بسبب التعب، من سفر يزيد عن مائة كيلومتر سيراً على قدميه. كان نعّوم متكتّماً،

ولم يسأل عن أحد ممّن تركهم خلفه، أو حتّى عن زوجته نجاة.

صباحاً يصطحبه نعّوم إلى مطعم يقدّم الفتّة بالحمّص، والزيت، وزاهر ينتظر على أحرّ من الجمر، أن يخبره عن العمل، الذي وعده به نعوّم:

ـ بوّاب!

ـــ بوّاب؟ (يقولها زاهر مندهشاً، ثم يقول في سرّه): المهمّ ليس العمل بخنق دود القزّ!

يتابع نعّوم:

لكنّه خيّب أملي.

أنا قلت لمعلّمي أنّك تجيد العمل في استخراج الحرير. فقال لي أمس إنّهم عيّنوا بوّاباً، واستغنوا عنك. أهلاً ومرحباً بك. لعلّك تُوفّق بإيجاد عمل يمكنّك من أن تستقر في الشام، وإن لم توفّق، فأنصحك بالعودة إلى عملك في لبنان. هناك لن تعيش كعيشتي هنا. صاحب الخان يعاملني كعبد. ويكلّفني بأعمال اسمها منزليّة، ولكنّها بعيدة كلّ البعد عن هذه الصفة. يجب أن أخدم أصحابه، وأصحاب أصحابه، ونساءهم، وأولادهم، وأكثر من ذلك! لا أستطيع البوح أكثر! هناك في لبنان علقت

برهن أرض، بينما هنا علقت برهن نفسي!

صباح اليوم التالي يقصد زاهر زيارة الجامع الأمويّ. يتوقّف عند بائع كتب قديمة (في المسكيّة أمام الجامع من الغرب) يعرضها أمام إحدى المكتبات (وعلى حافة الرصيف). تبيّن للبائع أنّ لهجة زاهر لبنانيّة. فرح به كزبون يمكن أن يشتري. سأله عمّا يمكن أن يكون قد أعجبه من الكتب. أجابه بعيداً عن سؤاله قائلاً له إنّه توقّف أمامه من باب الفضول، وليسأله هل يعرف أين تقع طاحونة العفيف. (يتذكّر أنه كان قد سمع في طفولته من جدّه اسم هذه الطاحونة) يسأله البائع عمّا يريده منها. يقول له إنّ جدّه من ذات المنطقة، التي فيها الطاحونة. يتعارفان. يقول الكتبيّ:

ـ أنا أحمد الورّاد.

ـ أنا زاهر المندي.

ـ يوجد شخص يحمل كنية المندي يمرّ من هنا بين حين وآخر.

ـ ماذا يعمل؟

ـ لا شيء!

ـ هل أستطيع أن أراه، وأين؟

ــ ربّما! يؤسفني أن أقول لك: إنّه مشرّد! والبحث عنه كمن يبحث عن إبرة في كومة قشّ! الكلّ هنا يعرفه. اسمه أمين.

يُصاب زاهر بصدمة لم يتوقّعها. ومع ذلك ظلّ متماسكاً ليعرف قصّة قريبه أمين. ويرى أحمد الورّاد أن يخفّف عنه وقع الصدمة بعد شعوره أنّه أجابه بتسرّع، وفجاجة، فيستدرك ويقول له إنّ بإمكانه أن يتردّد على هذا المكان ليدلّه عليه، ويحاول أن يعرّفه عليه: وأصرّ أن يعرف عن هذا القريب كلّ ما يعرفه عنه ــ ونتيجة إصراره أخبره أنّ قريبه هذا يصفه الناس بـ (مجنون الحرير)، وهو لا بيت له، ولا مكان يأوي إليه سوى المساجد، أو الحدائق العامّة، أو خانات الفقراء، أو المقاهي، أو الأماكن المهجورة ــ وسأله زاهر عن أوصافه، وأين يتوقّع أن يكون الآن حسب تقديره لطالما يعرفه ــ أجابه: قد يكون على الأرجح، في حيّ المهاجرين، أو في حيّ الشيخ محي الدين.

يودّعه زاهر على أمل أن يعود إليه. غذّ السير شمالاً، وسار بمحاذاة أبنية تزين مداخلها وردة سلطان الزهور الشاميّة، والياسمين، والورد الجوريّ. يشعر بالرائحة العطرة المنبعثة منها، ثم ينعطف في طريق متعرّجة

يقطع منها جسراً على فرع نهر بردى، ليرى نفسه يسير في طريق ضيّقة مرصوفة بالحجارة، قادته التواءاتها إلى تقاطع طرق أحده يفضي إلى حيّ الشيخ محي الدين. هناك شاهد صاحب بقّاليّة عجوزاً، فسأله عمّا إذا كان يعرف قريبه أمين، أجابه أنّ كلّ الناس يعرفونه هنا. سأله بعدها عن احتمالات تواجده، في أماكن محدّدة، وأسئلة أخرى عن شخصه، وعن الأسباب الذي جعلت منه شخصاً على هذا النحو البائس.

ممّا قاله العجوز:

"حكاية قريبك حكاية طويلة، ومؤلمة. أبوه، تعرّض في أيّامه الأخيرة إلى حادثة لم يصدّقها إلاّ قلائل، وأنا منهم: (ففي المكان الذي يُطلق عليه طاحون العفيف، خرج له شبح جنيّ، فيما كان عائداً ليلاً، من عرس ابن صديق له، في محلّة الشاغور الجوّانيّ. فأغمي عليه، وارتبط لسانه، وشُلّت أطرافه عن الحركة، مع أنّه من رجال حيّنا الصناديد. ظلّ على هذه الحال حتى الصباح، حيث لم يظهر أحد ليراه. المسكين عاش بعدها فترة قصيرة وقضى. وأمين ابنه يُقال إنّه تعرّض لمثل ما تعرّض له أبوه، لكن بصورة أخفّ. داره التي ورثها عن أبيه عبارة عن غرفة، وأمامها فسحة صغيرة جدّاً. على أيّ حال ليس لها وجود

الآن. هُدمت، وضُمّت إلى ساحة. كلّ ما قلته لك، أنا غير مقتنع به، ويُقال: إنّ قبراً مندثراً لصحابيّ مكان الدار، هو سبب ما أصابهما من بلاء، ويُقال غير ذلك، وربّك أعلم. المهمّ أنّ مسؤول الوقف، وضع يده على عقار قريبك، وانتهى الأمر بابنه إلى ما انتهى إليه. أغلب لياليه يقضيها لدى حارس مقبرة الباب الصغير، الذي يعطف عليه، فيطعمه، وغالباً ما ينام في محرس المقبرة.

كان لا بدّ له من دليل يصطحبه إلى المقبرة المذكورة، ولكنّ أحد المارّة قال له: سرْ باتجاه الشرق، ولا تحدْ أبداً تصلْ إلى سورها الغربيّ. لا مقبرة سواها في طريقك.

يصل المقبرة، وحارسها يهمّ بالمغادرة، يرجوه أن يخبره عن قريبه أمين المجنون.

يقول له: غادر قبل قليل إلى محلّة جرن الجاويش. سأل الحارس أن يحدّثه عنه. قال له الحارس: قريبك أمين خالطه مسّ قويّ، وطلع بمقولة أنّه (سيف الدين تكنز) والسلطان الناصر سيقتله. يقول إنّه نائبه، والسلطان يخاف بطشه بعد أن غدا من أكبر أثرياء المدينة، وأنّ فرن حيّ قنوات له، وحَوْش في حيّ القنوات، وله حوانيت غيره. يا مسكين يا أمين!

يسأل الحارس عن محلّة جرن الجاويش، ومكانه.

ــ هو في أعلى الجبّة بالصالحيّة. كان هناك سبيل لمولانا محمد جلبي الشهير بعجم زادة. وقريبك أمين لا يزال يعتقد أنّ أهل الخير، حتى الآن يقصدونه كلّ يوم، ويزوّدونه بالحليب، مع أنّ هذا التقليد اندثر منذ زمن بعيد. وهذه الصدقة، التي كانت للفقراء انتهى أمرها منذ ذلك الزمن. أحاول إقناعه بذلك، لكنّه يصرّ أنّه ينال من هذه الصدقة كلّما ذهب إلى هناك. المسكين يذهب رغم بعد المسافة، ورغم أنّي أقاسمه زوّادتي، وما يتصدّق عليّ به ذوو الموتى.لسبب ما، على أيّ حال، لا أنصحك باللّحاق به، إلى جرن الجاويش، ويمكنك أن تحضر في يوم آخر، لعلّك تحظى به هنا.

يصل زاهر التكيّة السليمانيّة مع الغروب، محاولاً اختصار الطريق إلى الخان ليبيت عند نعوم. يذهب جنوباً. يرى بستاناً وارفاً بالشجر، والخضرة، يتوسّطه قصر لا يظهر منه للرائي من بعيد، بسبب كثافة الشجر، سوى حافّة واحدة من سطحه، ومدخنة. يرى حارسه خارجاً في ممرّ يفضي إلى بابه المحاذي للطريق العام. يتوقّف، ويحيّيه عند وصوله الباب. يردّ التحيّة مرسلاً معها ابتسامة ودّ. يستوقف الحارس، ويسأله عن إمكانيّة تشغيله معه

في البستان. يتردّد الحارس في الإجابة:

ــ سأسأل البيك، وغداً أجيبك.

ــ أأستطيع أن آتي بعد غد؟

ــ على الرحب والسعة.

كلّ هذه الهواجس لا يستطيع أن يبوح بها، ويفضفض ما علق بها من أسى.

ليلتها كان القمر بدراً. استغرق في النظر إليه، وهو يستلهم منه الصبر. كيف يكون البدر هلالاً، وكيف يكتمل. كيف سيتناقص. كيف سيغيب في المحاق لأيّام. ينظر إليه بأسى. كم تزعله الشموس، وهي تلعب بنوره. طوراً تنيره، وتارة تلقي عليه ستارة الظلام. زاهر يخاف أيّام المحاق، وعتمتها الشديدة. لا يعزّيه أنّ العشّاق يشبّهون وجوه حبيباتهم به، وأنّ الجائعين يشبّهون الأرغفة المقمّرة به. هو يغار من وجوه الجميلات، ومن الأرغفة المقمّرة، ويتذكّر حينها ما قرأه عن أنّ حالة الجاذبيّة الضعيفة، في فضاء القمر قد تقوده إلى ثقب أسود من الثقوب السماويّة، التي تبتلع كلّ ما يقترب منها.

يقول في داخله: طائر الفينيق الذي قرأنا عنه كثيراً وغدا رماداً، أوفر حظّاً منّي. سينبعث من رماده، وأنا

أتخبّط في رماد الأمل. هل سيوافق مالك المزرعة أن أعمل لديه؟ أم؟!

أم سأظلّ في خلقينة الزمن أغلي؟ أعتقد أنّني سأدخل في متاهة. وأدخل صفراً معتماً، في مدينة مضيئة. كلّ المدن فيها أصفار معتمة يدخلها أمثالي. يتذكّر بهبهانه كويكر. يتذكّر ما قال له ذات يوم: "انتبه لي يا كويكر. قد يحدث وأن نفترق في يوم ما. أعدك ألاّ أنساك. لكن أريد وعداً منك ألاّ تذكر في يوم من الأيّام أسماء: ماريّا، وزهرة، ونجاة، أمام أحد، حتّى ولا اسم جوزفين. كلّ هذه الأسماء أمانة في عنقك. فقط اذكر اسمي كلّما شئت. قل عنّي ما تشاء. قل إنّي كنت بهبهاناً مثلك. أنا أغلي في خلقينة زمن، في بلاد الصوت فيها أعلى كثيراً من الصدى؛ فحين لا تسمع كلاماً مبرطماً غريباً ستكون الأمور على ما يُرام يا كويكر!

صار يسمع نباح الكلاب الشاردة التي تنتشر في الأماكن القريبة، من البساتين الممتدّة، من حيّ زقاق الجنّ، حتّى ما بين النهرين. كانت تترك هذه الكلاب مشرّدة لغاية عند أصحاب البساتين هي الحراسة غير المباشرة لها، والسلطة تدعم هذا التوجّه لما كان يُرسل إليها ممّا تنتج هذه البساتين، على شكل هدايا، أو رشاوى، وبالطبع كانت الهدايا للصفوف الأولى

من المجتمع، أمّا الرشاوى، فكانت للبلطجية، أو لـ (عواينيّة) لهم تأثيرهم في توجّهات مسؤول ما (عرف ذلك فيما بعد من الناس الذين كان يحتكّ بهم).

زاهر حينها لا يعرف التفاصيل، ولا يعرف سوى أنّ هذه الكلاب الشاردة، هي الحارس الأمين لهذه البساتين. أخطأ قبل أن يصل، وانحرف في طريق جانبيّة قادته إلى مكان لم يره من قبل.

توقّف قليلاً، وكأنّما أحسّ بدوار في رأسه، ودوخة لم تصبه من قبل. سرعان مازال عنه هذا العارض المفاجئ. يتمنّى في هذه اللحظات أن يشاهد أيّ شخص يهديه إلى الخان. يرى بين أشجار مشمش هرمة داخل بستان ليس مسوّراً كغيره من البساتين شخصاً يرمح فجأة، ويغيب عن ناظريه، لم يتأكّد من سرعته أكان رجلاً أم امرأة، لكنّه خمّن في سرّه أنّه امرأة، لسواد يغطيه من رأسه، وحتى قدميه، كما لو كانت ملاءة تلفّه. عاد بذاكرته لحكايات المنحرفين، والداعرات. توقّف ظنّه عند تلك الحكايات.

يتابع السير يميناً، ليرى العجب العجاب من الفضائح، التي تنتمي إلى غياب الأخلاق أوّلاً، وللتستّر عليها بالتالي. يقول في سرّه: من يجعل الناس يضلون الطريق؟ ليس عجباً هذا. أيضاً إنّ كلّ ما تمنع عنه ما هو بحاجة إليه،

ينكفئ إلى رغبة، ويصبح من الطبيعي البحث عمّا يحقّقها. يشعر أن كلّ ما حوله يتعرّض للاختناق، حتّى الهواء الذي يتنفّسه، وبالنسبة إلى الإنسان قد يدخل في متاهة، من الصعب الخروج منها إلاّ بثقب جدارها، أو العودة إلى باب مدخلها. باب الاختناق من جديد.

يصل الخان. يجد صديقه نعّوم منشغلاً بنزلاء الخان. يعتذر منه، ويخرج باتجاه مركز المدينة تزجية للوقت، حتّى ينجز نعوّم مهامّه. يصل إلى ضفّة نهر بردى في منطقة المرجة. راح يتمشّى لعلّه ينسى ما شغل تفكيره حول تذكّره كويكر ولو للحظات. خرير نهر بردى وحده ما يشغل السكون المخيّم على المكان في ذلك المساء. يحوّل ناظريه نحو جبل قاسيون. كانت الأنوار تبدو كمصابيح معلّقة ذابلة. تتناوب إنارة تنوس بين مصباح وآخر. يتملّى المشهد كاملاً تارة، وتارة يركّز ناظريه على نور واحد، سرعان ما يختفي، وكأنّ يداً خنقته، ليظهر آخر، وهكذا دواليك.

يعود إلى الخان. يتناولان طعام العشاء ممّا يختزنه نعوم، من جبن وزيتون.

يساهره نعّوم دون أيّ أحاديث، إلى أن ينام.

لكلّ ليل نهاية!

طلع الصباح على زاهر، وأثر السهر، والقلق، والتوتّر كان واضحاً على قسمات وجهه. اتّجه نحو خابية ماء، في زاوية الخان الشرقيّة، وغسل وجهه. سلب منه انشغال تفكيره تذكّره لنجاة، وهي تُقبل نحوه بثياب نوم خفيفة، تُبرز مفاتنها بتفاصيلها. قميص النوم يهفهف بفعل نسائم صباحيّة رقيقة. شعرها لمّا تسرّحه بعد. يبدو أنّها يومها اكتفت بغسل وجهها فقط، لتقابل زاهر قبل أن يستيقظ أحد. يتوقّف مشدوهاً: هي ذاتها (يقول ذلك متمتماً بصوت خفيض) تتقدّم، وابتسامة كما الفجر ترتسم على محيّاها. يهدأ زاهر كما لو كان شعلة نار تتوهجّ بفعل هواء يلعب بها، ورشقتها يد حانية بماء فأطفأتها. زال توتّره، وقلقه في الحال حين قالت له:

ــ صباح الخير. "ومدّت يدها تصافحه. كانت راحة يده، ودون تردّد قد أصبحت في قبضة يدها، التي كانت لا تزال باردة قليلاً".

ــ صباح الخير (وهو يطمئن نفسه أنّ المشكلة التي شغلته انتهى أمرها).

ــ أنت زعلان منّي أكيد! (قالت له بغنج).

ظلّ ساكتاً ينتظر ما تخفيه من كلام ستبوح به. هي الأخرى ظلّت صامتة لبرهة، ثم فتحت سدّة نهر الكلام،

الذي لن يتوقّف عند محطّة عتاب صغيرة ـ أنا تجنّيت عليك. لا تأخذ ما قيل لك مأخذ الجدّ. أنت إنسان طيّب لا تستحقّ إلاّ الخير. كنت بصراحة أريد منك ما يريده جسد امرأة تحترق لرجل يطفئ نارها!

يمضي هذا المونولوج الحارق. ينطوي على سرّ دفين، وكتيم.

صباح اليوم التالي يقصد المزرعة، التي كان على أمل أن يشتغل فيها. يدخل المزرعة. ينتظر صاحب المزرعة عند إحدى الممرّات الداخليّة المؤدّية إلى خيمة دائريّة، من كتّان ملوّن تتوسّط غابة اصطناعيّة صغيرة كثيفة. يتمشّى نحوها. ينتبه إلى قفص صغير معلّق على جذع شجرة كينا قبالة الخيمة. يذهب نحوه. يتأمّل الطير الذي راح يزقزق بعد أن كان صامتاً. صوته يبعث على الشجن. يخمّن أنّه عن ضيق.

الطير من فصيلة الحساسين، التي يكثر وجودها في المنطقة. كثافة الأشجار، وتنوّعها يساعد على تكاثرها. الصيد لا يقارب هذه الطيور الضعيفة. هي مطمع هواة سجنها في أقفاص كالذي يشاهده. يده تمتدّ إلى القفص. يفتح بابه الصغير. انتظر الحسّون ليخرج. لم يفعل. أدخل يمناه إليه، وحاول القبض على هذا الطائر، الذي أبى

الخروج، وهو يعرف ماذا يعني تصرّفه هذا، في مكان جاء يسترزق فيه. أبى الطير أن يخرج إلى الفضاء الأوسع. لا أحد في الكون يعرف بماذا يفكّر هذا الطائر الضعيف، في تلك اللحظات الهاربة، من زمن تحاصره أخطاء، معظمها من فعل البشر.

هدأ الطير في كفّ زاهر الحانية عليه. أطلقه باتجاه الأعالي. طار إلى حيث شجيرة رمّان، في الجهة المقابلة. توقّف على أحد أغصانها الصغيرة. ينظر ملتفتاً إلى الاتّجاهات كلّها، وكأنّما يودّع المكان، أو يودّع الناطور الحبيس، الذي يقدّم له (القنبس ـ بذر القنّب) والماء كلّ يوم. أو يودّع كلّ الوجوه الذابلة، أو الوجوه الجميلة الزائرة، التي يراها بين وقت وآخر تدخل الخيمة بشكل، وتخرج بشكل آخر!

ما كان زاهر يحسب لفعلته هذه أيّ حساب، وهو الذي يفترض أن يكون المؤتمَن على كلّ شيء في المزرعة. يُفتح باب الخيمة فجأة، وعلى غير ما يتوقّعه زاهر، لتخرج منه امرأة بثياب النوم، وفي يدها كوب ماء، وبالأخرى قبضة حَبّ للطير. تنتبه لزاهر. تبتسم له، تنتبه إلى باب القفص المفتوح، فلا تشاهد الطائر فيه. ينتظر أن تصرخ بوجهه، أو على الأقل أن تسأله عن الطير. كان ردّ الفعل خلاف ذلك. أشارت أن يأتي إليها. بدا عليه الاستغراب،

والتوجّس. تردّد في البدء، ثم وجد نفسه يتقدّم نحوها. تتلاحق أسئلتها له:

ـ هل أعرف من أنت؟ هل أعرف لماذا تقف هنا؟ هل أنت من فتح باب القفص للحسّون؟

ـ أجل. أنا. لا أحبّ أن أرى طيراً سجيناً، وأنا هنا أنتظر صاحب المزرعة، على أمل أن أشتغل هنا؟! (أجابها على أسئلتها، ولم يكن متردّداً في الإجابة. قالها، وهو يحسب لما يحدث من ردّ فعل، ومتيقّن من أنّها ستغضب).

ـ ما فعلته ليس من حقّك. عدا ذلك فهو هديّة غالية للمعلّم من شخص غالٍ عليه! أنصحك أن تغادر لأنّك ستتعرّض لتصرّف قاسٍ من قبله أنت بغنى عنه، أو بالأحرى لا أعرف ماذا سيحدث. أنصحك أن تغادر فوراً. انتهى اللقاء بينهما عند هذا الحدّ، حتّى دون أن يعرف اسمها، الذي هو نهوند، وغادر المزرعة دون أن يلوي على شيء، ودون أن يجيب البوّاب عن سبب مغادرته المزرعة

كانت نهوند تنظر إلى القفص الخالي، كما لو كانت قد تخلّصت من عبء ما، من قيد ما. ذهبت أفكارها بعيدة مع الطير، وكما كانت في حلم يقظة، رأت أنّ الأفكار السجينة، في رأسها لم تستطع الهرب، أو أن تفتح القفص، أو تحاول كسر جدرانه على الأقل. وكان عليها أن تفهم ما

يقوله الحسّون في سجنه. كيف كان يتوسّل إليها. ما الذي يتذكّره، وهو في الحريّة. كيف؟ والإنسان خُلق يفهم لغة البلابل وهي تغرّد، وتزقزق، ولغة القطّة حين تموء، ولغة الكلب حين ينبح، ولغة الذئب حين يعوي. وإلاّ ليس له الحقّ بأن يكون سيّداً للكون، لأنّه غير جدير به.

نظرت نهوند خليلة المعلّم دون قصد إلى ظلّها، الذي لا يوحي لها إلاّ بأنّها ليست إلاّ كجارية لرجل متزوّج، (تقول في داخلها): "ويدّعي أمام زوجته أنّني هنا لخدمتها، وأنا هكذا فعلاً، عدا عن أنّني لمتعته". رأت ظلّها يتقزّم، ويقترب من التلاشي. تذكّرت أنّها لم تفكّر بفستان عرس منذ زمن يتباعد في الزمن. تحديداً حين كانت، في الثانية عشرة من عمرها.

نفضت يدها منه، ومن التفكير فيه، يوم أغواها ابن الجيران، وهي تنشر الغسيل، على سطح بيت أهلها القديم، والملاصق لبيت ذلك الجار. تذكّرت اللحظة التي تألّمت فيها، وسال على فخذيها دم أرجوانيّ ساخن، ويومها بكت، ولم تفصح لأحد عمّا حدث لها خوفاً من الفضيحة. أدركت فيما بعد، وكلّما سمعت زغاريد الأعراس، أنّ فستان العرس يخفي الكثير من الأسرار، ومن الفضائح، وأنّ العلاقة العاطفية الزائفة، بين رجل وامرأة، لا تحتكم لحبّ نقيٍّ، وصافٍ، وأنّ جميع الرجال، همّهم الوحيد،

في مثل هذه العلاقة مع امرأة أن يفرغوا فيها كلّ كبتهم التاريخي. كلّ قهرهم. كلّ مخزونهم من الحقد، على حياة لم يكن فيها وجودهم إلاّ لخدمة من هم أقوى، أو بالأحرى، لمن بيده السوط.

تتمشّى نهوند خارج الخيمة، وكأنّها صحت من غيبوبة طويلة، وانتبهت إلى أنّها وكثير من النساء لا حرّاس لحواسهنّ. لا منقذ لهنّ. كلّ من تأمّلن به خيراً، همّه أن يذوب في غيبوبة قصيرة، ناشداً أقصى لذّته، مع إحداهنّ، وينسى الحكاية، ويتماوت في خيانة زوجته، فيما لو كان متزوّجاً، ويسترضيها في لعبة (لا غالب ولا مغلوب)، وما في لغتها من مساومة، وتحايل، بعد أن نقشها في قاموس حياته، لأجيال ستأتي من صلبه.

نهوند قالت في داخلها: سأحاول أن أتجرأ وأقول له: "أنا امرأة. هل تعرف ماذا يعني أنّني امرأة؟ أنا لست هنا لأغسل ذنوبك. أستطيع أن ألوّثك إذا شئت، أو أن أغرقك في الحزن ما دمت حيّاً، أو أدخلك في متاهة لا تستطيع الخروج منها! (تتساءل): لكن ماذا سيكون مصيري، وهو يحميه القانون، ورجاله، وأنا مقطوعة من شجرة. سأبلع لساني؟!". ما قالته في سرّها كان كحكمة. والحكمة تضيع إذا سقطت كزر قميص. لكنّها لا تضيع إذا أخذتها الريح معها، إلى مكان آخر، وغالباً ما كانت

الريح تحمل الحكمة إلى أمكنة ليس فيها أحد يكذب على الزهر، أو على البحر، أو على النار، أو على الهواء.

يتمشّى زاهر إلى الخان. يتذكّر كعادته لحظات حميمة بصحبة طيره كويكر. هذا الببّغاء الجميل بألوان ريشه، وهي تموج، ويموج معها، باللعب معه في تقليد ما يطرح عليه من أصوات. كلّ الكلمات، والأصوات، التي يردّدها خلفه. الأسماء التي يذكرها ممّا تخزنه ذاكرته العجيبة. اسم ماريّا.. (يوقف زاهر شريط التذكّر عند ماريّا قليلاً) يستعيد الكثير من الصور الجميلة لها. في المنزل. المدرسة. الكنيسة. الصلاة. الأعياد. لباسها. شريطة رأسها. مشيتها. ركضها. (يتوقّف الشريط ثانية عند حزنها الأخير. شالها. تطير روحه إليها.

يرى الببّغاء في قفصه من جديد. يتذكّر المنام الذي أجفله حين ردّد الببّغاء اسم أمّها جوزفين. يتساءل: أيكون ما قاله الببّغاء كويكر عن علاقة ما مع الضابط الفرنسيّ صحيحاً؟! يقول في سرّه: "ربّما يكون صحيحاً. علاقتها بزوجها لم تكن على ما يُرام. كانت معظم الأحيان كالزيت والنار. هذا ما كان يتّضح لي. أسيسبّب كويكر فضيحة لا تحمد عقباها؟!".

***

19

لمّا عاد إلى زاهر الخان، تلقّى من نعّوم خبراً هزّه للوهلة الأولى في الصميم. قال له: "زوجتي نجاة قدمت إلى الشام يوم أمس، حسبما قال لي تاجر الصوف أنّها جاءت برفقته".

ولا يعرف بعد أن فارقته إلاّ أنّها ستقصد الخان فوراً. بدا على نعّوم الضيق، لأنّه لا يعرف أين قضت ليلتها.

يتوقّف تفكير زاهر لمدّة قصيرة عند أمور لا تمسّه شخصيّاً. يرى النساء مجرّد ظلال، أرقام، شجر هزيل، ينمو، يكبر، يورف على ذبول. تغيم عيناه على خريف ينفض أوراقه. يأتي الصقيع فيجفّ. الكثرة تحتاجه وقوداً. يؤول إلى حطب. نار لخلاقين معامل الحرير. نار لمواقد الشتاء. دخان فوق سطوح البيوت. يصحو. يرى أنّ الشجر ليس كلّه كما رأى قبل لحظات. الكثير من الشجر بورك باخضراره. السرو. العفص. الأرز. الزيزفون؛ حتى الزيتون

مبارك باخضراره لا بثماره؛ ومع كلّ ذلك فهي رابوطه، المتمكّن منه، إلى ما يشاء القدر.

نهوند في هذه اللحظات أمام سيّدها أنور. تبدو شجرة خضراء. طلعت كجنيّ للتوّ من قمقمها. علاء الدين هكذا يطلع، من مصباحه السحريّ. الشمس هكذا تطلّ، من خلف الأفق كلّ صباح. القمر ينتظر الليل ليطلع. ليقهر العتمة. نهوند قهرت العتمة، التي هي فيها. تصارح سيّدها، عن مصير الحسّون، وعن فراغ القفص. وعن الشاب (الذي هو زاهر) كيف أطلق حريّة الحسّون، وكيف غادر المكان دون أن يلوي على شيء.

يدرك أنور أنّ خليلته ليست له، وهو الآن متيقّن من هذا، ولا يريد أن يتعرّض لأيّة فضيحة تصل إلى زوجته. (الجميل بنهوند أنّها مشاعة) قال ذلك في داخله، وهكذا رأى الأمر. المشاع وحده يحترق بنار الكلّ، أو يحرق الكلّ، أو يمنح الدفء للكلّ، أو يضيء الطريق للكلّ كما الشمس. يريد لهذا المشاع ألاّ يكون كما طائر الحسّون، الذي حرّره شاب غريب من قفصه، ولو أنّ قطّة تنتظر خروجه لتنقض عليه، وتفترسه. المهمّ أنّه أضحى خارج قفص يختنق فيه، ليستمتع الجاني ببحّة شدوه الشجيّ الحزين.

أمّا زاهر فيرى نفسه وجهاً لوجه أمام نجاة، وقد حضرت إلى الخان لتودّع زوجها نعّوم لسبب لم يعرفه أحد. كان نعّوم مشغولاً خارج الخان حين حضر زاهر. لا يدري زاهر كيف كانت خطاه إليها. استغربت نجاة تسمّره أمامها دون كلام. انتظرت أن يقول ولو كلمة مرحبا

قالت له بعد أن قطعت الأمل من أنّه سيتكلّم:

ـ ماذا تريد منّي؟!

استفزّه سؤالها. أجاب:

ـ لا شيء!

ـ إذاً. أنا أريد منك شيئاً لم يخطر ببالك أبداً، حتى ولا تستطيع أن تتكهّن، أو تتوقّع ما هو. أريد ألاّ تتدخّل بما لا يعنيك. أقصد ألاّ تتدخّل بشؤوننا. ليس من أجلنا، بل من أجلك أنت. من أجل سلامتك.

إذا أردت السلامة هنا، فكن أنت، كما أنت الآن في هذه اللحظة. انزع من رأسك أيّ تفكير يتعلّق بي. يستغرب تحوّلها هذا غير المتوقّع، ويهزّه بعنف. فظلّ متسمّراً في المكان كلوح جليد تحت شمس، في شتاء بارد. يذوب، ولا يذوب. يتذكّر كويكر. يفكّر زاهر بمغادرة

الخان، ولا يعود إليه أبداً، ويقطع صلته بنعّوم. يشيّع نجاة بنظرة وداع طويلة، وبأسى دون أيّ كلام، ويبدو عليها عدم الاكتراث. يخرج، ويقصد مقبرة الباب الصغير للسؤال عن قريبه أمين المجنون كما أشيع عنه، ويأمل أن يلتقي به، ويسمع حكايته منه شخصيّاً، وليس قيلاً عن قال!

بدا زاهر حائراً ماذا يفعل، وعدّل عن رأيه في الذهاب إلى مقبرة الباب الصغير ليسأل عن قريبه أمين. يقصد قلب المدينة. المدينة التي أحبّها. المدينة التي لم يكن يعتقد أنّ فيها لطخة سوداء، وجاء يسكنها فغرق في هذه اللطخة، وفي صفرها المعتم. يتوقّف زاهر في سوق المسكيّة. يلفت نظره الورّاق، وقد أدار ظهره للمارّة. يتصفّح كتاباً، كان قد اشتراه من فتىً توفي والده، ولم يورّث لعائلته سوى الفقر.

ألقى زاهر السلام عليه. انتبه إليه. دعاه للجلوس على كرسيّ صغير. كان قد جلس عليه من قبل. يرفع الورّاق صوته وهو يقرأ:

"البذرة التي تسقط في تربة غير ملائمة، قد تنبت، ولكنّها تنمو هزيلة، أو لا تنبت على الإطلاق، أو يلتقطها طير عابر".

يلتفت إلى زاهر. يرحّب به. يسأله:

ـ لا شكّ سمعتني. لقد كنت أقرأ بصوت مسموع. أعجبتني العبارة. أليس هذا حال البشر أيضاً؟

من عادة زاهر ألاّ يجيب بسرعة. أجابه بعد أن فكّر بما سيقول:

ـــ "كان لي صديق يعمل حجّاراً. وقع على حجر كبير. شقّه، فخرجت من قلبه دودة كانت تعيش في قلب ذاك الحجر. تأتيها سبل عيشها من غذاء وماء فيه أكسجين بمقدار يكفي ليبقيها حيّة. حين خرجت من هذا المكان الضيّق إلى أبعد حدّ، فاض عليها الهواء، وربّما النور، والضوء، فلم تعش طويلاً. العبرة ليس بالمكان، الذي يسقط رأس المرء فيه، بل بالزمان الذي يسقط فيه. بالأمّ التي تلده. بالأب الذي يرعاه. بالناس من حوله. بالماء الذي يشرب. بالهواء الذي يتنفّس. الأهمّ من كلّ ذلك، هو لا كيف يراك الآخرون، بل كيف أنت تراهم. رأيتك ممتلئاً فجئت إليك، وأنا أعرف أنّي لن أضيف لك شيئاً. فلن أكون عالّة عليك، ومن حقّك أن تطردني، أو تستبقيني، في هذا المكان، الذي هو خاصّتك، وفي الوقت ذاته هو مشاع، لي الحقّ، كما لك، ولسواك".

ـ الحرّ له كلّ الأمكنة؛ فأنا لا أستطيع أن أضع معروضاتي في أيّ مكان أريد، ولا أيّ مكان أيضاً، تستطيع أن تعرض فيه كتباً ليقرأ الناس، أو يشترون. ما أقصده، أنني لست حرّاً. الآن قد ينبق رجل أمن يحميه رجل أمن فرنسيّ بثياب مدنيّة، أو عميل لهم، من أبناء البلد، ويجرّني من هنا، ويلقيني بعيداً عن هذا المكان؛ أمّا أنت، فأنت حرّ. أنا لا. أنا مقيّد حتى لما في بطون هذه الكتب. أنا اخترت ذلك، وكم كنت مخطئاً. أصحاب القلوب، والعقول المرصّصة، أو المختومة بشمع السلطان، أو بشمع الشيطان، لا تقترب منهم. أسترسل بالحكي. اعذرني، فقد تكون في وضع محرج، أو تكون في مأزق.

يقاطعه:

ـ أنا لست في مأزق. أنا في متاهة. في سراب، في قفص، أنا لست أكثر من صدى لأيّ صوت. أيّاً كان هذا الصوت. مشكلتي أنّني كنت أظنّ نفسي مارداً. وأروّضها على أن أموت عطشاً، ولا أشرب إلاّ من الينابيع، ولا أقرب السواقي. كان الأمر على غير ما تشاء لي الحياة، فالطير الذي يقع في الفخّ غبيّ، أو جائع. أنا كنت الاثنين معاً.

ـ إذاً. عليك ألاّ تعبر السراب، إلى سراب آخر، ولا إلى

متاهة. باب المتاهة الذي دخلت منه، اخرج منه بسلام، كما دخلت.

ــ وإن تعسّر الأمر؟

ــ اثقب جدار المتاهة!

ــ هذا ما سأفعله! "يتذكّر ماريّا، ويتسمّر تفكيره عندها للحظات".

يلوذ الورّاق بالصمت، ويشرد زاهر بأفكاره بعيداً، لتعود، وتحطّ عند ماريّا، التي علق فيها، وكانت رابوطه. ينتبه إلى أنّ الورّاق يفتح دفّتي كتاب، ورقه مصفرّ، وإحدى زواياه بدت محترقة. يشير إلى أحد السطور. يلاحظ أنّه مكتوب بخطّ اليد. يقول له: ــ اقرأ هذه العبارة!؟ (ينحني زاهر، ويقرأ بصوت خافت): "عليك أن تكون صبوراً، لتقطع المسافة بين الحلم، والواقع". يعلّق على ما قرأ: الصبر أخ وفيّ للانتظار! (ويتنهّد).

استأثرت بزاهر من جديد فكرة البحث عن قريبه أمين، يسأل الورّاق عنه):

ــ كأنّني رأيته اليوم يدخل الجامع الأمويّ، ثم خرج منه ودخل سوق النسوان، أقصد سوق الحرير.

كان التجّار يتندّرون به: (جاء مجنون الحرير، أو راح مجنون الحرير، ومعظمهم يعتبره فأل خير، ورزق، ودائماً يحتفظون له بطعام، أو لباس، أو حتى بنقود. أطلقوا عليه مجنون الحرير، لأنّه يتلمّس كلّ ما يصادفه من معروضات حريريّة معلّقة، دون أن يتذمّر منه أحد. يفعل مثل هذا الشيء إذا حدث ومرّت أمامه امرأة تلبس الحرير أيضاً. كانوا في البداية يشفقون عليه، ثم صاروا ينتظرونه بلهفة. محبّة الناس هنا لشخص، تجعله مقدّساً. حتى أنّهم يعملون له قبّة، ويصير مزاراً حين يموت).

يستأذن زاهر من الورّاق بالمغادرة. يقصد مقهى الحكواتي القريب من سوق الحميديّة ليشرب شيئاً ساخناً، فيفاجأ بالحكواتي، الذي سمع عنه الكثير من الحكايات. كان الحكواتي يستعدّ للكلام، وكالعادة بيده عصا خيزران معقوفة عند قبضة اليدّ. يحدّق بالجميع، كأنّما يتأكّد أن الكراسي كلّها قد امتلأت بالزبائن. يتأكّد أيضاً من أنّ الزبائن الذين يداومون دائماً، قد حضروا جميعهم. يركّز طربوشه على رأسه، ويردّ شرّابته الطويلة إلى الخلف. تقع عيناه على زبون جديد (زاهر). يبدأ الحكواتي الكلام، وكأنّما يوجّهه له. يفتتح الجلسة، فيقول:

"يا سادة يا كرام. الصلاة على سيّد المرسلين، وخير

الأنام. قصّة اليوم، عن ابنة ملك جنوا، واسمها مريم. رغبت بالحجّ إلى بيت المقدس، للوفاء بنذر عليها، فجاءت تحت حماية رجال إسماعيل أبي السباع، وأخيه معروف بن جمر سلطان القلاع، والحصون، وهما من رجال السلطان الأيّوبي الصالح نجم الدين أيوب. وشاء القدر بأنّ مريم وقعت في حبّ حارسها، وحاميها الفارس الشهم المقدّم معروف، وتزوّجت منه، ورغبت بالبقاء معه في هذه البلاد؛ فلمّا علم أبوها بذلك استشاط غضباً، وأرسل بعض رجاله خفية، فخطفوها إلى بلاده. لم يرق له ما سمع من الحكواتي. كان يظنّ أنّه سيقرأ سيرة حيّ بن يقظان، أو سيرة عنترة، أو أيّة سيرة غير التي تنطّع لها.

يعود إلى المسكيّة. يحدّث الورّاق عن مقهى الحكواتي، وكيف لم يرق له ما سمع منه، وكيف غادر المقهى قبل أن يكمل الحكاية. يقول له الورّاق: "سأعطيك مخطوطاً كذكرى. أرجو أن تحتفظ به، فأنا قد مللت منه، وأخاف أن أمزّقه، أو أحرقه، في ساعة غضب تنتابني".

يقول له زاهر: سأعتبره هديّة ثمينة منك (يودّعه، ويغادر المكان).

يعرّج بعد مغادرته الورّاق، إلى سوق الحرير، لعلّه يحظى برؤية قريبه أمين. أعجبته في السوق معروضات

حريريّة، من مختلف الصناعات اليدويّة، التي تخلب اللبّ بإتقان صنعها، وألوانها، وتمنّى لو يعرف كيف لأيدي الشاميّات، أن تشكّل كلّ هذا الجمال، من خيوط دقيقة، تبدو حين تخرج من الشرانق، كخيوط أشعة الشمس.

أدهشه ما يراه لأوّل مرّة، من جماليّات تصنعها الأيدي، من خيوط لم تثره كما الآن. أشكال من نسيج كان يسمع عنه، ولا يعرفه، من بروكار، ودامسكو، وشالات، وأغباني، وميازر، وفوط حمّامات بأشكال لا يمكن للعابر إلاّ أن يتوقّف عندها، ويشبع فضوله منها. يُعجب بترتيبها في المحال، ووقوف الباعة أمام محلاّتهم المكتظة بهذه المصنوعات الخلاّبة للنظر. (تفضّلي يا ستّ) هي العبارة التي تتردّد على لسان الباعة آلاف المرّات كلّ يوم، كدعوة لأيّة امرأة تمرّ عابرة، أو قاصدة الشراء، حتّى عرف سوق النسوان هذا، أو سوق الحرير كما هو معروف أيضاً، بسوق (تفضّلي يا ستّ).

لم يشبع نظره تلفّتاً إلى الكثير ممّا يُعرض في المحلاّت، على جانبيّ السوق. رأى ثلاثة نسوة يبدو من لباسهنّ، وإشارات أيديهنّ، وبرطمتهنّ باللغة الفرنسيّة، أنهنّ جئن إلى السوق للفرجة ليس أكثر. بدا عليهنّ أنّها ليست زيارتهنّ الأولى إلى الشام. يرى تاجراً وسط السوق، وهو

يعرض حريراً مغايراً لكلّ ما شاهده، يسأله عمّا لفت نظره فيه، يقول التاجر له إنّه حرير صناعيّ أوروبيّ، ويابانيّ.

تعود ذاكرته إلى ما تختزنه ممّا كان يمضّه، وهو يغلي مياه الخلاقين، ويخنق الشرانق، وكم كان يتمنّى، ألاّ يحدث ذلك، أو يكون بمقدوره التغاضي عنها ريثما تنضج، وتخرج من شرانقها، كما فعل ذات مرّة، ولقي توبيخاً، وعقوبة جرّاء فعلته تلك. يتابع سيره، لعلّه يحظى برؤية قريبه أمين، لكنّ ذلك كمن يأمل أن يجد إبرة في كومة قشّ. يخرج من السوق، إلى زقاق المحكمة، الذي يتفرّع عنه، ويتجه غرباً.

يتابع سيره ليدخل سوق الطويل، الذي سمّي باسم مدحت باشا، تيمناً بهذا الحاكم الذي بسط سلطته عملاً بدستور يجعل للخلافة العثمانيّة يداً طويلة على جميع الأقاليم، التي احتلّتها تركيا، كمجال حيويّ لدولة شاسعة، تستطيع أن تبني جيشاً عظيماً لقهر الآخرين، والتمدّد في ممتلكاتهم، أيّاً كانت معتقداتهم. هذا ما بدأ زاهر يعيه، وهو يفكّر في أثناء سيره؛ إذ كان يرى العديدين، من أهل الشام، يعتمرون الطربوش التركي المألوف، ويتساءل عمّا إذا كانت الرؤوس التي تحملها، لا يزال فيها الخوف، الذي دفعهم لتظلّ على رؤوسهم، أم إنّها للتباهي بها

باعتبارها كانت من زيّ عليّة القوم، أم إنّها لبشر لا يزال الدم الغريب يجري في عروقهم، كأقوام غيرهم، أقاموا، أو مرّوا على هذه الأرض، واستطاعت الشام أن تهضمهم، ويكونوا جزءاً من كيانها مع الزمن.

يرى زاهر في سوق الطويل، أشكالاً مختلفة من الناس، الحضريّ، والفلاّح، والبدويّ. يرى القليل من النساء، وقد خرجن من شرنقة الماضي، التي كانت تفرض على المرأة أن تظلّ كدودة القزّ، تنتظر خلاقين الحياة، التي تغلي فوق نار محتلّ، يريد كلّ شيء كما يريد، ويهوى شكلاً، ومضموناً. لا يدري أنّ العالم كان، وسيظلّ غابة، الحياة فيه للأقوى. يتساءل زاهر كيف تتحمّل مدينة مثل الشام غريباً يركع على صدرها، وبسرعة متناهية تغيّر وجهها، كلّما مرّ غريب من المكان، وتبدأ التغيّرات تأتي على كلّ شيء. هواجسه هذه طغت عليه، حين رأى رجلين بسيطين يتحدّثان بلغة فرنسيّة مكسّرة، لا يفهم منها سوى كلمات قليلة، كان يسمعها في الكنيسة، التي تعلّم بها، من قسّ عرف فيما بعد، أنّه من أصل مغربيّ، أوفدته الكنيسة في الغرب، إلى تلك الكنيسة، للإشراف على من هم أدنى منه مرتبة.

يتساءل عن حجم المأساة، التي يخلّفها كلّ حكم غريب، وهو يخنق الناس المقهورين، باستغلالهم، وأكل أتعابهم بأساليب جهنّميّة، أو بالسطو على أرزاقهم، أو بسوق أبنائهم إلى حروب ليست حروبهم. يعودون أحياء، أو لا يعودون لا يعنيه أمرهم. لا تعنيه حسرة أمّهاتهم، وآبائهم، وأقربائهم، وحبيباتهم بشيء. يمتلئ زاهر بكلّ هذا الزخم، من الألم المكبوت، ولا يريد إلاّ الخلاص من قيد غير مرئيّ، يكبّل كلّ شيء فيه.

لا سبيل له إلاّ أن يعود إلى الخان ليبيت.

يأتي الليل، وهو ينتظر نعّوم أن ينجز عمله في الخان، لكنّ نعّوم يتأخر، فيلجأ زاهر إلى الزاوية التي ينام فيها. يتمدّد على فراشه، على أمل أن يأتيه نعّوم. ولتزجية الوقت راح يقرأ في كتاب ورّاق المسكيّة. يقرأ في صفحة فارغة طباعيّاً، مكتوبة بخطّ يد الورّاق:

"مللت من بيع الكتب المدرسيّة المستعملة، على الرغم من أنّني أجد في هوامشها عبارات موحية، أو مثيرة، كان قد دوّنها طالب عاشق، أو فقير محروم، أو يتيم؛ وأعجب كيف يتهافت الناس على شراء كتب السحر، من أمثال: الكباريت في إخراج العفاريت. اللؤلؤ والمرجان في

تسخير ملوك الجان. سحر بارنوخ. الجواهر اللمّاعة في استحضار ملوك الجان في الوقت والساعة. سحر الكهّان في حضور الجان".

"حضر هذا النهار (لم يذكر التاريخ، أو الوقت) رجل مصريّ، وراح يحدّثني عن عشّاق الإنس للجنّ، وعشّاق الجنّ للإنس، حين رأى ما أعرضه من كتب (هو مثلي يبيع كتب من هذا النوع أمام أحد الجوامع) راح يعدّدهم.

قال: دعد والرباب. رفاعة العبسي وسكّر. سعسع وقمع. ناعم بن دارم. ورحيمة وشيطان الطاق. الضرغام وحودروفس. بن النبهان والجنّية. دعد الفزاريّة والجنّي. عمرو بن المكشوح والجنيّة. ربيعة بن قدام والجنيّة. سعد بن عمير والنوار. وأعرب عن تأمين ما أطلبه منه، من كتب السحر، والطلاسم، وإرساله إلي. مثل هذه الكتب رائجة جدّاً"

يفتح على صفحة تليها ويقرأ بصوت هامس:

"حين أكون حزيناً لسبب ما، أترك بسطة الكتب تبيع وحدها، وأتمشّى إلى الجهة الشرقيّة من الجامع الأموي، وأتأمّل مئذنة عيسى عليه السلام (المنارة الشرقيّة). سُمّيت هذه المئذنة باسمه، لورود أحاديث نبويّة شريفة تذكر أنّه سوف يُبعث في آخر الزمان

بدمشق، وسينزل على (المنارة البيضاء) شرقي دمشق".

يعلّق الورّاق على هامش هذه الصفحة بقوله:

"بدا له هذا الليل طويلاً أكثر من أيّ ليل مضى".

بدت هذه العبارة لزاهر أنّها تتطابق إلى حدّ ما مع كلّ لياليه!

***

20

يعود زاهر من جولته إلى الخان، في اليوم الأخير من وجوده في الشام، ليجد نعّوم منهمكاً في تنظيف الخان، يسأله زاهر الواقف قبالته عمّا يضايقه في عمله هذا. يجيبه باقتضاب شديد أنّه متضايق من كلّ شيء. يضيق صدر زاهر ذرعاً به، لأنّه لم يعرّج على ذكر أيّ شيء حول نجاة. يبقّ زاهر البحصة العالقة في فمه، ويسأله عنها. يجيبه بأنّها تعمل في مشغل حرير منزليّ لدى أسرة صديقة لصاحب الخان، ويخبره أنّه استأجر غرفة في حيّ الشاغور، ودعاه أن يبقى معه في الخان، حتّى موعد انتهاء عمله، ليذهبا معاً، إلى مسكنه الجديد في ذلك الحيّ، وتكون نجاة قد انتهت من عملها أيضاً.

يقصدان سكن نعّوم، وهي إحدى غرف دار قديمة بحيّ الشاغور. ينتبهان إلى امرأة عجوز تجلس على حجر أمام باب غرفتها المقابلة لغرفة نعّوم، في هذه الدار،

وتمسح دموعها بمحرمة من قماش قطنيّ ملوّن، وهذه الدار لأسرة كانت تتألف من زوج وزوجة وولد وحيد. سيق الولد إلى الحرب الانكشاريّة، وفيما بعد توفي الزوج، وبقيت الدار للزوجة، التي غدت عجوزاً ينوف عمرها عن الثمانين عاماً. مشكلة هذه العجوز أنّها تجلس آناء النهار والليل على حجر أمام غرفتها، أو تقف عند باب دارها من الخارج تنتظر عودة ابنها الغائب في الجيش الإنكشاري، وعادة ما يغلب عليها وسواسها هذا، وتتخيّله قادماً من بعيد، وتتخيّل نفسها أنّها تعانقه. عرف نعّوم قصّتها من زوجته، وقد حدّثتها الجارات عنها. أحياناً تتخيّل أنّه لن يعود، فتشرع بالندب عليه، وغالباً ما تلعن الحرب، وتلعن أهل الحروب. كانت الجارات قبل سكن نعّوم بجوارها يواسينها، وخفّفت عنهنّ زوجته نجاة شيئاً من هذا الوسواس المؤلم.

قبل أن تأتي نجاة من عملها، تمرّ الدقائق على زاهر بطيئة، وكأنّ الزمن جمر ينوس في رماد. لم يكن يظنّ أنّه توّاق لرؤيتها إلى هذا الحدّ. مع كلّ هذا الشوق العارم، لا يريد لها، أو لنعّوم أن يشعرا بذلك.

تصل نجاة، وتجد باب الغرفة مشرّعاً، فتدخل. تُفاجأ بزاهر. تحاول أن تخفي شهقة، كان من السهل

على نعّوم وزاهر الانتباه إليها. اعتذرت عن دخولها الأرعن، لأنّها لم تكن تتوقّع أن يكون زاهر في ضيافتهما. تتمالك نفسها، ترحّب بزاهر، وتستأذنهما، كي تعدّ الطعام. طبخت (الكواج)، في المطبخ الصغير المحاذي للغرفة، كيفما اتّفق، وهي تفكّر فيما يمكن أنه قد دار بين زاهر وزوجها من أحاديث. وتتوقّع ما يمكن أن يريد زاهر معرفته عنها. كان نعّوم قد قال لزاهر كلمات مختصرة عن عمل نجاة، لكن نجاة استغرقت بتفاصيل عن شغلها لم يفهم منها إلاّ لماماً.

كانت تحكي، وتمنّي نفسها في الوقت ذاته أن يبدأ زاهر بالحديث عن نفسه، وبم يفكّر. ممّا قالته عن عملها، أنّها تشتغل في مشغل منزليّ، يعتمد التطريز اليدويّ، على أقمشة الحرير، بمختلف أشكاله، وأنّها تعتبر نفسها في طور التعلّم، وأنّها بدأت بأبسط ما يمكن أن تتقنه. قالت لهما إنّها ستتحدّث عن أكثر من ذلك، وغادرت إلى المطبخ، وأعدّت (الكواج)، هذه الأكلة الشاميّة سريعة التحضير، ومادتّها بيض وبندورة، وبصل، وما يتيسّر من زيت، أو سمن، أو لحم، وهي مع كلّ اعتبار من طعام الفقراء.

بعد تناول الطعام، غلت الشاي كالعادة، على بابور الكاز في المطبخ، وأحضرته. قلبها يؤكّد لها بشكل يقينيّ

أنّها تحبّ زاهر، لكنّها لا تعرف ما الذي يدور في رأس زاهر حيالها.

بعد أن ودّعهما زاهر وغادر، كان نعّوم حذراً، وخائفاً من معاتبة زوجته على ما انتبه إليه من أسلوبها في الحديث، والأسئلة المبطّنة لزاهر، والتي يرى أنّها محرجة له، وربّما يظنّ أنّ نجاة تغار عليه. سذاجته تمحو كلّ هذه الظنون.

أمّا نجاة، فلامت نفسها أنّها لم تكن صريحة زيادة عن اللزوم مع زاهر. مع عدم توجّسها من نعّوم زوجها، الذي لم تحسب حساباً له، إذْ كان السبب هو وضع زاهر المقلقل في الشام، وهي تقطع خيوط الأمل به ليكون مرمّماً لأنوثتها المختنقة في أطر ضيقة جدّاً: زوج باهت الرجولة. عملها مع أسرة محافظة، بين جدران شاميّة عتيقة.

لم تكن نجاة تتوقّع أن تعيش في مناخ لا هواء فيه، إنها امرأة جاءت من جبال، وظلال، وهواء بحريّ. لتحرمها ظروف العمل، من الاستمتاع بجوّ مدينة، تحدّث التاريخ عنها، وكلّ ما فيها من جمال كان على ألسنة الناس، في بلدتها التي ولدت فيها، وحنّت قدميها بترابها، وعاشت هواها، ومراهقتها. تتمنّى أن يكون لديها الوقت، ولو

للتنزّه على ضفاف نهر بردى على الأقل. وجوه قليلة تتكرّر رؤيتها كلّ يوم. وجه واحد يساهرها، في غرفة تُغلق دون النجوم.

لم يقض زاهر ليلة كان فيها الأرق يسيطر عليه تماماً كتلك الليلة، التي مرّت عليه بعد زيارته لنعّوم، ومشاهدة نجاة. تمنّى في سرّه لو لم يزرهما.

كان قراره الأخير أن يعود إلى لبنان، ولا يزال يأمل أن يلتقي بقريبه مجنون الحرير أمين.

صباحاً يغادر الخان، وفي نيّته الذهاب إلى سوق الحرير، لعلّه يراه هناك. يتابع سيره، ويدخل سوق الحميديّة؛ ثم ينعطف إلى سوق الحرير، لعلّه يشاهد قريبه المعروف لكلّ الباعة في السوق. حتى المارّة صاروا يعرفون هذا المجنون كعلامة فارقة هناك، بعد أن أعطاه أحد التجّار قميصاً حريريّاً فضفاضاً أحمر اللون، وكان يلبسه بشكل دائم، ويتباهى به. صار يرى استغراب النساء له، وكأنّه إعجاباً به. أحد التجّار أكّد لزاهر أنّه لم يره منذ يومين؛ فأحد مرتادي السوق الأغراب، الذين يفدون السوق لأوّل مرّة، كان يسير وبرفقته حريمه. تمادى أمين ــ كعادته ــ مع بنت من بناته، وراح يتلمّس شالها الحريريّ، ويشدّه إليه لعلّها تلتفت. نفرت به.

انتبه أبوها، فانهال عليه الرجل ضرباً مبرحاً. لو لم يخلّصه المارّة من بين يديه، كان وضعه بالويل. اتكّأ على حافّة عربة لأحد الباعة الصغار عليها الخرز الملوّن، وأساور من مختلف الأشكال. وانخرط في نحيب مكتوم، إلى درجة الاختناق. بدت على وجه الرجل الذي ضربه، روح الانتصار؛ فهو لا يعرف من يكون هذا الـ (أمين)، ولا يعرف ما يكنّه له تجّار السوق من محبّة، وعطف. في المقابل، لم يجرؤ أحد منهم على معاتبته، بعد أن لا حظوا ما هو فيه من غضب. تابع زاهر سيره بالاتّجاه ذاته، الذي تابع فيه الرجل، وحريمه، وكأنّ قريبه أمين فصّ ملح وذاب.

بحث في كلّ زوايا السوق فلم يجد له أيّ أثر. سأل كثيرين عنه، فخاب رجاؤه بإجابة منهم تشفي غليله.

لم يعد إلى الخان. وشدّ رحاله إلى لبنان سيراً على الأقدام بعد أن جهّز زوّادة الطريق من طعام وماء.

وعلى طول الطريق، كان زاهر حين يتعب، أو يضيق صدره، يقتعد مكاناً مريحاً، ويلجأ إلى مختارات كان قد كتبها بخطّ يده في دفتر صغير، من أقوال ابن عربي، ويسأل نفسه السؤال، الذي لم يستطع الإجابة عليه: ما الحلّ؟! وكم من شموس أشرقت عليه، وكم من غروب، وهو يشعر بأنّ الأيّام تتشابه، ولا جديد إلاّ ما تختزنه ذاكرته

من مشاعر، ومواقف، ووجوه جديدة، وحيوات لم يكن يعرف عنها شيئاً لبشر، يعبرون الدنيا، أو عبروها، وهم يزدادون بعداً عن الينابيع، التي سالت منها روافدهم، وتلوّثوا أكثر، وتعكّروا أكثر، كما تتلوّث الروافد حين تبتعد عن ينابيعها.

يتذكّر زاهر أيّام معامل الحرير، التي كانت ملاذاً له. يبلغ به الحنين أشدّه لأيّام كان فيها ما يشغله. ما يسلّيه. ما يملأ قلبه بعاطفة. ويعيده إلى أجواء العمل بإنتاج الحرير الطبيعيّ، وكيف تقوم يرقات دود القزّ، التي يعدّ جوفها بمثابة مصنع منتج له، وينساب السائل إلى الخارج، فيتجمّد بمجرّد تعرّضه للهواء. كلّ كيلو غرام حرير يحتاج إلى عمل 6800 شرنقة. وتحتاج الشرانق، إلى كميات ضخمة من النباتات. وتحتاج إلى كميات من جذوع شجر الغابات. أضف إليها الصباغة، والطباعة لتصبح شفّافة كالزجاج. بيت القصيد، أكثر إناث المجتمع الإنسانيّ ــ بما أضفوا عليها من وسائل الإغراء، وفنون الجمال ــ ذلك ليثيروا غرائز الرجال. يتحوّل هذا المونولوج الداخليّ، إلى تساؤلات أنّ الفكر البشريّ استطاع أن يبتكر أقمشة من النايلون، لتغطية حاجات النساء الأدنى في السلّم الاجتماعيّ. ويبقى الحرير الطبيعيّ، لاستعمالات

فئة قليلة تتحكّم بمصائر البشر. تطفو على سطح ذاكرته، الأيّام التي كانت نجاة، تراوده فيها، وتدعوه بقوّة إلى الحبّ، وكان كلوح جليد، يذوب تحت شمس محرقة.

تعود نواقيس ذاكرته تقرع في الشام. وكيف كانت رأسه تقوده إلى ورّاق المسكيّة، إلى ذلك الإنسان، المغمور بالكتب، المليء بما لم يمتلئ به إلاّ القليل من الناس. يرى فيه أكثر من كلّ هذا، يرى فيه صفاءً يشفّ عن صور لا يراها سواه. فيها ما يخرج من الحركة الدائريّة في الزمن. فيها التجاوز لزمن يتكرّر فيه الفرح ذاته، كما تتكرّر المأساة ذاتها، دون أن تترك هذه، أو تلك، علامة جديدة يمكن الوقوف عندها، أو بداية طريق يمكن الانطلاق منها، إلى فضاء أرحب، وكيف كان الورّاق يستقبله، وكأنّما يكون بانتظاره، وكملهوف ليراه، أو أنّه ربّما وجد في زاهر الإنسان الذي يستطيع أن يفتح له قلبه، من دون أدنى توجّس. يصافحه بحرارة، ويشدّ على يده، كما لو كان غائباً عنه لمدّة طويلة، وعاد. يتذكّر آخر لقاء معه. يقول الورّاق له: "جئت في الوقت المناسب. رأيت قريبك صباحاً في هذه المنطقة؛ لعلّه ما زال فيها!".

ويودّع الورّاق يومها ليبحث عن أمين. يسير دون بوصلة. يعبر سوق الحرير، لعلّه يكون فيه. لم يسأل أحداً

عنه في البداية. تخيّله، وهو يُهان، فهو يتصرّف بكلّ براءة مع النسوة. والآخرون لا يعتبرون الأمر هكذا.

توقفّ عند بائع على بسطة إكسسوارات نسائيّة. رأى في عينيه طيبة واضحة. مدّ يده، وصافحه.

ـ أريد أن أسألك!؟ (قال له).

ـ تفضّل!؟

ـ أتعرف شابّاً اسمه أمين ينادونه هنا مجنون الحرير؟

ـ أنا الذي يعرفه. دائماً كان يأتي، وأعطف عليه. لكنه يغضب غالباً وينقطع عن المجيء إلى السوق بسبب الإساءة إليه من بعضهم.

ـ أين يمكن أن يكون الآن؟

ـ لا يستطيع أحد أن يتكهّن أين سيكون. لكنّ الأماكن الأكثر ارتياداً لها هي التُرب، ومقامات الأولياء، والمقاهي القديمة.

يتذكّر زاهر كيف غادر السوق يومها، وهو يفكّر كيف سيصل إليه، فلم يتوصّل إلى نتيجة. يتوقّف عند سبيل ماء. يشرب بطاسة نحاسيّة تلمع كما لو كانت من

ذهب خالص، ويفقد الأمل. تعود صورة نجاة لتتراقص في مخيّلته. تضرب في رأسه الحقيقة، التي لم يستطع تجاهلها، نجاة.. يلحّ عليه الشوق إليها. يغلبه. كلّ الوجوه التي يتمنّى أن يراها سافرة، يراها مقنّعة بنقاب، أو بحجاب، أو بلثام. كلّ ما كان يسمعه عن نساء الشام يهطل عليه، في زخّة واحدة، من سماء الذاكرة. أكثر النساء ملائكة الرحمة في الأرض، خلقاً، وأخلاقاً، لم يشاهده.

لم يشاهد تلك الأقمار التي تنير ليل المدينة، كما يصفها الشعراء، والمغنّون. يضجّ في رأسه السؤال المرّ:

(من أين إذاً، تتوالد كلّ هاته النسوة اللواتي ينشدن المدن، ولا تستقبلهنّ المدن مجّاناً!!؟).

يصل إلى نتيجة لا غبار عليها، حسبما يرى، بأنّ الفقر ليس سبباً وحيداً لهذا، كما يفسرّ ذلك أصحاب الرأي؛ بل من أمور أخرى، لعلّها الجهل، والأمراض الاجتماعيّة.

يقابل هؤلاء من لا يستطيع البوح بما في داخله في مجتمع، يتنكّر له بلحظة، إذا أعطى رأياً، أو صرّح بما يخالف ما في رؤوس الطرف الآخر، من آراء، أو قناعات. عقوبته ستكون قاسية جدّاً، وهو غير مستعدّ أن يطير رأسه من بين كتفيه، دون أن يترك ذلك أيّ أثر. المرأة في

هذه الحال هي أكثر من يقع عليها الحيف، العادات، والأعراف الظالمة لها، ووصايا الآباء، والأمّهات، ورجال الدين، والقوانين المجحفة بحقّها.

يقطع الطريق إلى لبنان، وسميره ترجمان أشواق محي الدين بن عربي. يقرأ فيه حين يتوقّف في محطّات السفر. كان يبعد عنه الأخيلة الشيطانيّة، وملاذه الوحيد حين تستبدّ به كوابيس اليقظة، التي أزاحتها ماريّا من رأسه عند الوصول، وحلّت محلّها بكلّ ثقل ذكرياته معها، وعاطفته التي استيقظت متأجّجة بأقوى من ذي قبل.

يخاطبه بصوت شجيّ معاتب:

"يا سيّدي يا ابن عربي (يا ساهر البرق، أنت سميري من حيث إنّ مقامنا واحد، فتفهم عنّي ما أريد، كما أفهم عنك ما تريد؛ فنحن سكوت، والهوى يتكلّم) أنا يا سيّدي كنت دائماً من أهل الغفلة، ولهذا تراني هنا. أنت لم تكن من أهل الغفلة. جئت متتبّعاً طريق الجمال، بهذا قد نتّفق. أنا تتبّعت خطى نجاة، وخسرتها عن قصد. أنت علّمتني أن أكون قويّاً لأخسر مثل تلك الخسارات. لأنّي أكون ضعيفاً أمام حسنها، فهي أيقونة الجمال، التي رأيتها بأحاسيس ألقتها إلى قلبي كغنيمة. أنت كان لك ترجمان أشواقك، وأنا لا ترجمان لي، ولا أشواق سوى ما

أستطيع أن أبوح به لنفسي، أنت ضاقت بك الأندلس، ومدن كثيرة، وأنا تضيق بي ثيابي؛ ربّما لا أكون الوحيد الذي عرف سرّك، لكنّي عرفته. عرفت السرّ.

أعدك ألاّ أقوله لأحد. فقط أقوله لنفسي: أنت يا سيّدي غادرتها كرهاً لتيجان ملوك طوائفها، وقصدت الينابيع، قصدت مكّة، فكانت شجرتك الوارفة، وفي ظلها امتلأت بما لم يمتلئ به أحد فيها.

بالحبّ. نعم بالحبّ يا سيّدي. بحبّ (نظام) التي ملأت دنياك، ورأيت من خلالها آخرتك، ورأيت ما لم يره أحد من قبلك: الجمال كلّه بكلّ تجلّياته. المحاسن: متفرّقة، ومجتمعة بأجمل صورة إنسان، فكانت حبيبتك (نظام) لا تستطيع أن تنكر ذلك يا سيّدي. أنت عشقتها يا سيّدي. وكانت بالنسبة إليك أقرب لأن تكون ملاكاً هبط من السماء، أو وردة تمشي على قدمين في دروب مكّة. أمّا أنا يا سيّدي فمسكين، عشت مشتّتاً حتّى في الحبّ، ولو أجلسوني على كرسيّ الاعتراف لقلت بصوت جهوري إنني كلّما رأيت حسناء يميل قلبي إليها، بلهفة لا أستطيع تصوّرها. إنّما جعلت منّي الأسرة التي رعتني وربّتني كائناً متوجّساً. حذراً. يخاف على الآخرين أكثر ممّا يخاف على نفسه، ويعتبر الحبّ في قاموسه آخر كلمة فيه.

كم توقّفت عند بوحك لنظام: "لولا النفوس الضعيفة السريعة الأمراض، لأخذت في شرح ما أودع الله تعالى في خلقها من الحسن.. راعينا في صحبتها كريم ذاتها... فقلّدناها من نظمنا أحسن القلائد، بلسان النسيب الرائق، وعبارات الغزل، ولم أبلغ بعض ما تجده النفس، ويثيره الأنس، من كريم ودّها.. إذ هي السؤال والمأمول، والعذراء البتول.. فكلّ اسم أذكره في (ترجمان أشواقي) فعلها أكنّي، وكلّ دار أندبها فدارها أعني".

ماريّا.. طوفانها يجتاحني الآن. أخاف من حبّها. فهي من غير ديني، ومعتقدي. لماذا الخوف من الحبّ، ومن تبعاته في هذه البلاد يا سيّدي؟!

أنت بالذات خفت من تبعات الحبّ، وخوّفتني منذ سنيّ فتوّتي الأولى، وأوّل عهدي برؤية ما في المرأة من جمال! لولا خوفي لكنت تقدّمت أكثر نحو ماريّا.. ربّما لو تقدّمت أكثر لكنت عاشقاً بطلاً. كان ترجمانك رفيق أيّامي، وأنا أتعلّم في الكنيسة. كنت أنت والكنيسة تخنقان حبّي لماريّا الذي أختنق فيه بصمت. خنقت حبّي لماريّا كما تُخنق شرانق الحرير ببخار ماء مغليّ. مثلما خنقت حبّك لنظام سأخنق الجمرات، التي أشعلتها ماريّا في كياني. خوفك في حلب، وفي مصر جعلك تحوّل حبيبتك

نظام إلى شعلة صوفيّة، فخسرت نظام، وخسرت الجرأة التي يمكن أن تفتح طريقاً يسير عليه العاشقون إلى حبّهم، إلى ما يملأ حياتهم من بهجة، وما يليق بالنفوس الأبيّة لأن تكون سيّدة في الأرض، كيما تباركها السماء. كنت تسترضيهم فحوّلت حبّك لها إلى مسألة صوفيّة، ونظام غدت بتولاً، ورمزاً للحبّ الإلهيّ، وتمركزت تأويلاتك بالأنبياء، والملائكة، وأولياء الله، وسألت الله أن يعصم من يقرأ لك، من سبق خاطره، إلى ما لا يليق بالنفوس الأبيّة، والهمم العليّة.

نعم يا سيّدي. اعتراك الخوف من سواد قلوب الجهلة، وكان له الأثر في موقفك الضعيف من انتمائك للحبّ، وأنت تنتقل من مكان إلى آخر. الكثير من الحبّ يسقط إذا طالت الطريق. ماذا يقول إنسان ضعيف مثلي، حين يرى مثاله وهن في سيره، وأجنحته لا تساعده على الطيران، وصوته كأصوات كثيرة، ليست أكثر من أصداء تتكرّر، وتتلاشى، في هذا الفضاء الشاسع؟! سيحاول مراراً أن يتلمّس الطريق، التي لا تقوده إلى التهلكة.

*

حسين ورور (1941/12/10) المعروف بالأديب الخيّاط، ولد لأسرة فلاحية* في ريف دمشق. بعد أن أنهى دراسته الابتدائية، انتقل إلى مدينة دمشق عام 1952 ليبدأ مشواره في مهنة الخياطة، وقد تعلمها على يد الخيّاط الأرمني (وهرام شهبندريان) (في سوق الخجا بدمشق). وبعد أن أتقن مهنة الخياطة، اشتغل عاملاً في عدة معامل للألبسة الجاهزة، إلى جانب شغفه بالكتب والكتابة في عمر مبكر؛ حيث كان ينفق ما يجنيه من عمله لشراء كتب وصحف ومجلات ثقافية.

نُشرت أول تجربة شعرية له في مجلة الموعد اللبنانية عام 1955 وهو في عمر الرابعة عشرة.

وفي عام 1974 انتقل إلى مدينة السويداء في الجنوب السوري للعمل في الخياطة. وهناك، وبعد أربعة أعوام، أي في العام 1979، ساهم في تأسيس تجمّع أدبيّ، أقيمت فيه الكثير من الفعاليّات الثقافيّة، واستضاف أدباء ومثقفين سوريّين وعرباً، منهم الشاعر المهجريّ زكي قنصل، والأديب محمد محفوظ عمر رئيس رابطة كتاب اليمن في حينه، وغيرهما.

انتقل من السويداء إلى دمشق، وعاش فيها لمدة ثماني سنوات، ثم عاد إلى مدينة شهبا عام 2003م، ولا يزال مستقرّاً فيها حتّى الآن.

تعرّض أرشيفه الأدبي والفوتوغرافي للتلف مرّتين، كانت المرة الأخيرة في عام 1996 ولم يتبقَّ منه شيء.

orders of her new husband, discarded all of his books, archives, manuscripts, and hundreds of photos taken during his journalistic career. As a result, nothing remained.

Warour's journalistic career included working as an editor for a local Syrian newspaper between September 1969 and 1972, as He wrote daily columns under "Morning Talk" in one of Syria's most famous newspapers in the early mid1970s and published poems and articles in renowned Syrian and Arab newspapers. As a correspondent for the Kuwaiti newspaper Al-Anbaa in the early 1990s. He was also a member of the editorial board for Romancia Magazine published in Dubai.

In literature, Warour wrote two plays: "Orpheus" and "Work Injury." He further authored several novels such as Slaves Gate, Syrian Cain, Anise Boy, Akhenaten's Hostages, Interrupted Birds, Belong to Stars, and Heading with a Half Shadow. His poetry collections include titles like Inanna (Epic Formation), Ola and the Water Guardian, Phoenix Manifestations, Romances for Marcia, Mawawil in Deaf Space, Arriving with All Her Clouds, and She Blue of Foggy Land. He also contributed works on literary criticism named "The Spectrum in Narrative Space" along with other philosophical writings like Unburnable Papers and Tailor's Note Papers.

He wrote for television during the 1980s and created two films: Life Begins Tomorrow and The Tree of Love. Additionally, he contributed to over twenty radio dramas in the 1980s, including; The Rose and the Halouk, The Inheritance Game, The Candy Seller, Radiant as the Sun, Malva, Wounds of Estrangement, Atta The Mugger, and The Bindle.

Literature Awards:

- First Award in the Damascus Arabic Novel Prize for his novel Syrian Cain in 2018.
- First Award in the Syrian Short Story Competition for his story "Resident of Al-Nammara Palace" in 1988.
- First Award in the Syrian Short Story Competition for his story "The Girl of Rose District" in 1992.

Hsain Warour (1 2 / 1 0 / 1 9 4 1)

known as the Author tailor, was born to a peasant family in the countryside of Damascus. After completing his primary education, he moved to Damascus in 1952 at the age of twelve to learn the profession of tailoring under the Armenian tailor Wahram Shahbandrian in the Al-Khaja Market.

Once he mastered tailoring, he worked in several ready-made clothing factories while also being passionate about books and writing at an early age. He spent his earnings on buying books, newspapers, and cultural magazines. His first poetic work was published in Al-Mawed, a Lebanese magazine in 1955 when he was just fourteen years old. This marked a turning point in his life and his immersion into the world of literature.

During his five-year mandatory military service, he obtained a secondary certificate and, before ending his service, earned a high school diploma through self-study. This helped him work later on in journalism and further pursue his interest in literature. In 1974, he moved to the city of Suweida in southern Syria to work as a tailor and gained great fame as a skilled craftsman. He also engaged in literary activities and served his community by helping establish a literary association that hosted numerous cultural events and invited Syrian and Arab writers and intellectuals. His tailor shop became a haven for writers and intellectuals.

After experiencing economic hardship and losing all his possessions, Warour moved from Suweida back to Damascus in the early 1990s. He lived in his village close to Damascus for about eight years before returning to Shahba City near Suweida, where he resumed his literary activities while working as a tailor.

Unfortunately, Warour's literary archives and photographs were damaged twice: first due to ignorance when his stepmother used large sacks filled with books, photos, and writings for firewood while Warour was away on military service. The second time, in 1996, his ex-wife, acting on the

KHAYAT